L'INTRIGANTE

COMÉDIE EN CINQ ACTES

SUIVIE DE

L'OR

FABLES

PAR

FÉLIX GRIMARDIAS

PARIS

E. DENTU, ÉDITEUR

LIBRAIRE DE LA SOCIÉTÉ DES GENS DE LETTRES

PALAIS-ROYAL, 17 ET 19, GALERIE D'ORLÉANS

L'INTRIGANTE

PARIS. — IMP. SIMON RAÇON ET COMP., RUE D'ERFURTH, 1.

L'INTRIGANTE

COMÉDIE EN CINQ ACTES

SUIVIE DE

L'OR

FABLES

PAR

FÉLIX GRIMARDIAS

PARIS

E. DENTU, ÉDITEUR

LIBRAIRE DE LA SOCIÉTÉ DES GENS DE LETTRES

PALAIS-ROYAL, 17 ET 19, GALERIE D'ORLÉANS

—

1863

PRÉFACE

———

Une jeune fille frémissante d'amour a enfin trouvé celui qui doit vivre pour elle ; son œil l'a contemplé dans un ravissement béatifique ; son oreille a vibré, son cœur a tressailli aux protestations d'un dévouement qui ne connaîtra pas d'autre limite que l'éternité ; ces deux vies se sont fondues dans une unité indissoluble. Mais soudain une main meurtrière a rompu en un moment tous ces rêves de bonheur ; la jeune fille reste seule dans le monde avec son amour qui la décore, et sa douleur qui l'écrase. Une lutte gigantesque s'établit entre la faible nature et la volonté soutenue par le sentiment du devoir ; les premiers jours de l'épreuve sont supportés dans le martyre du silence. Mais bientôt la douleur déborde, il faut à ce cœur aimant un autre cœur qui sache l'aimer, le comprendre, le consoler

1

en recevant ses larmes. Ce cœur broyé ne peut plus rester silencieux, le soulagement de la plainte lui est devenu indispensable.

Tels sont les sentiments qui agitent un homme froissé dans ses affections religieuses. Lui qui en a senti la puissance, qui en a goûté les dévouements, lui qui a passé sa jeunesse à boire à longs traits à cette source sacrée, qui a su y trouver la force, la vie et l'amour, peut-il voir d'un œil sec le ridicule ou la calomnie jeté si souvent sur ce qui a fait la joie de son âme, la consolation de ses douleurs, le soutien de sa faiblesse ! Il éprouve alors un besoin irrésistible de découvrir quelque part une figure sympathique qui puisse lui sourire, goûter son bonheur et partager ses peines.

J'ai cédé à cet impérieux besoin en composant cet essai littéraire. Je sais assez que je ne suis qu'un atome perdu au milieu de bien des géants ; mais l'atome peut parler de Dieu au cœur de celui qui l'aime.

FÉLIX GRIMARDIAS.

Paris, le 25 avril 1863.

L'INTRIGANTE

PERSONNAGES.

Mademoiselle FLEURON.

M. Hector DESVIRIS.

M. ALONSO DE SAN CARLO, ami intime de Hector DESVIRIS.

M. Arthur FLOTTE DES GRANGES.

Madame FLOTTE DES GRANGES.

Mademoiselle DES GRANGES, sœur de Madame FLOTTE.

M. MARTIN.

M. RENARD.

Mademoiselle Félicie RENARD.

M. BAPTISTE, conseiller municipal de la commune de SAINT-LÉGER.

Madame DE LA BASTÉRIDE.

Mademoiselle DE LA BASTÉRIDE.

Mesdemoiselles DE BEAUSSÉANT DE LA TOUR DE SAINT-LÉGER.

M. Jules DE BEAUSSÉANT DE LA TOUR DE SAINT-LÉGER, leur frère.

PIERRE, domestique, agent secret de Mademoiselle FLEURON.

FRANÇOIS, domestique de M. DESVIRIS.

Un ami de M. DESVIRIS.

Un employé d'ambassade.

ACTE PREMIER

Cet acte se passe auprès d'un des chalets du bois de Boulogne

---

SCÈNE PREMIÈRE

MADAME FLOTTE, MADAME DE LA BASTÉRIDE

MADAME FLOTTE.

Soyez tranquille, madame, tout a été parfaitement préparé; notre jeune homme ne se doutera de rien; mademoiselle Félicie seule peut préoccuper son esprit.

MADAME DE LA BASTÉRIDE.

Ainsi donc, ma fille...

MADAME FLOTTE.

Soyez tranquille, vous dis-je; pourriez-vous douter de mon dévouement ou de ma politique? Après les entretiens que j'ai eus avec M. Desviris, il faudrait qu'il fût bien hardi pour oser porter un regard sur mademoiselle votre fille. Il croira d'abord trouver dans Félicie la réalisation de son idéal, il ne songera qu'à elle. Mais nous endoctrinerons celle-ci; nous lui persuaderons de jouer tel ou tel rôle comme devant être favorable à sa cause, et nous aurons soin, bien entendu, de choisir celui qui le sera le moins.

MADAME DE LA BASTÉRIDE, à part.

Quelle fourbe!... Enfin c'est son affaire.

MADAME FLOTTE.

De là, rupture, puis d'autres propositions qui, avec des dehors plus séduisants, ne lui conviendront pas mieux; ainsi insensiblement nous le ferons connaître à la bonne société; il plaira, j'en suis certaine; tout cela s'opérant sous votre protection, vous l'étudierez à votre aise; et, quand il sera suffisamment connu de vous et apprécié de tous, lorsqu'il aura acquis les suffrages de toutes les personnes de notre rang, nous lui ferons adroitement comprendre, en employant des tiers officieux et sûrs, qu'il aurait des chances d'être accepté s'il demandait la main de mademoiselle votre fille, et tout ira pour le mieux.

MADAME DE LA BASTÉRIDE.

Je m'en rapporte pleinement à vous, chère amie;

votre science politique est consommée... Quant à
moi, qui n'en sais pas balbutier le premier mot, je
vous laisserai faire, je me tiendrai à l'écart; et, si une
occasion de vous servir se présentait à moi, je vous
rendrais avec bonheur dévouement pour dévouement,
dans l'impossibilité où je serais de vous rendre habileté pour habileté.

MADAME FLOTTE.

Le bonheur de vous avoir été agréable en étant
utile à mademoiselle votre fille sera toujours pour
moi une récompense inappréciable... Mais, voici
l'heure du rendez-vous; j'aperçois mon mari, signal
qui nous annonce l'approche de M. Desviris, comme
vous le savez... Je vous engage donc à retourner auprès de vos deux jeunes filles.

SCÈNE II

MADAME FLOTTE.

Faut-il se donner de la peine pour contenter tout
le monde, en tenant tout le monde en échec!... Aux
yeux de madame de la Bastéride, je travaille pour sa
fille uniquement; si ma coopération était connue de
M. Renard, il serait enchanté de moi, je me serais
employée au mariage de Félicie; avec sa simplicité, il

n'y saurait voir rien de plus; quant à mademoiselle
Fleuron, je la surveillerai avec le plus grand soin : si
elle ne soupçonne rien, je la laisserai dans son igno-
rance; si elle soupçonne quelque chose, bien vite je
lui ferai connaître le tout jusque dans les plus minu-
tieux détails, j'obtiendrai ainsi un nouveau titre à ses
confidences, et je continuerai à profiter de son es-
pionnage merveilleux. Ainsi, sans m'exposer aux
dangers du combat, j'en recueillerai les fruits; j'aurai
l'air de la servir, elle aussi, avec dévouement, tandis
que je travaillerai uniquement pour ma sœur, à qui
reviendra l'avantage de toutes ces luttes. Mais il faut
que je cache avec soin mes projets à mon mari, car
avec ce qu'il appelle sa franchise bourgeoise, tous
mes plans seraient renversés.

SCÈNE III

M. FLOTTE, MADAME FLOTTE.

M. FLOTTE.

Chère amie, voici Hector. Caché dans le taillis,
ainsi que nous en étions convenus, je l'ai aperçu de
loin; il arrive à grands pas derrière moi; profite du
peu de temps qui nous reste pour me faire connaître
les dernières dispositions de madame de la Bastéride.

MADAME FLOTTE.

Madame de la Bastéride consent parfaitement à
fournir à Hector plusieurs entrevues avec mademoiselle Félicie, si son père le juge convenable; elle se
met à notre disposition avec un entier dévouement...
Elle viendra s'asseoir sur ce banc avec mademoiselle
Félicie, et Hector tâchera de voir et d'entendre.

M. FLOTTE.

C'est très-bien, il ne restera plus maintenant qu'à
rendre Hector plus raisonnable, pour qu'il sache se
contenter d'une institutrice qui le rendra heureux,
au lieu de rêver toujours à ses marquises.

MADAME FLOTTE.

A ce sujet, je l'ai si bien sermonné, qu'il posséde-
rait une hardiesse sans égale, si ses idées étaient
encore les mêmes... Madame de la Bastéride va le recevoir chez elle pour lui fournir les moyens de voir
mademoiselle Félicie. Il en résultera nécessairement
qu'il verra plus ou moins mademoiselle de la Bastéride. Si cette vue devait faire reparaître ses anciens
rêves, s'il s'imaginait par exemple que madame de
la Bastéride le reçoit chez elle pour lui fournir les
moyens indirects de voir et de connaître sa propre
fille, quelle affaire il nous susciterait! Si cela devait
arriver, il vaudrait mieux renoncer à le servir.

M. FLOTTE.

J'espère qu'il n'en sera rien ; je ferai tant d'efforts qu'il s'en tiendra à mademoiselle Félicie, et je le lui souhaite de tout mon cœur, il en sera bien plus heureux.

MADAME FLOTTE.

Quant au bonheur... c'est une tout autre question. C'est-à-dire que le bonheur d'être le mari de mademoiselle de la Bastéride est réservé à un autre... Mais le voici, je rentre vite au chalet.

SCÈNE IV

M. FLOTTE.

Le bonheur d'être le mari de mademoiselle de la Bastéride est réservé à un autre !... Le grand bonheur ! Comme Hector serait heureux avec cette orgueilleuse !... Puisse-t-il comprendre ce que vaut mademoiselle Renard, l'institutrice, et préférer la réalité inconnue aux apparences séduisantes, mais trompeuses ! Ah ! chère femme, je puis maintenant parler en docteur sur ces questions, moi, qui suis obligé de dévorer constamment les mille ridicules que t'inspire ton prétendu titre nobiliaire... volé, je sais bien quand

et comment... J'espère que j'empêcherai Hector d'i-
miter mon exemple.

SCÈNE V

M. FLOTTE, HECTOR.

HECTOR.

Ah! bonjour, cher ami. Combien tu es bon!...
Quel service tu me rends en ce jour!... Maintenant,
le moment approche; je me hâte de te renouveler la
question que je t'ai déjà posée plusieurs fois, et à laquelle tu n'as pas encore répondu; la seule à laquelle
tu n'aies pas encore répondu : quelle est donc la position sociale de cette famille? quelles sont les origines
de cette jeune personne?

M. FLOTTE.

Te voilà encore avec tes origines!... Mais qu'est-ce
que cela fait au bonheur?... Tu as sous les yeux un
exemple frappant : ma femme prétend avoir des origines nobiliaires, eh bien, n'as-tu pas souvent surpris
en elle une certaine hauteur envers moi?... Elle
m'aime bien; mais elle s'imagine m'avoir fait, en
m'acceptant, une faveur dont je dois lui être très-
reconnaissant. Renonce à ces idées, elles pourraient

te conduire à laisser passer en d'autres mains celle
qui ferait ton bonheur.

HECTOR.

Chaque classe, comme chaque individu, a ses défauts... La bourgeoisie n'a-t-elle pas les siens?...
Quelle petitesse d'idées!... quelle mesquinerie de
vues!... quelle trivialité de manières! Tu ne veux
pas que je sois séduit par la distinction héréditaire
de certaines familles anciennes qui ont vécu dans une
simplicité noble et intelligente, se retranchant dans
la grandeur de leur passé, et conservant intactes,
avec la grandeur du nom, la grandeur des sentiments
et la noblesse du cœur!... Qu'elle est fine et embaumée, cette atmosphère de convenances et de
dignité morale, et moi, artiste, moi qui vis du
beau idéal, je préférerais une position triviale et pro-
saïque !

M. FLOTTE.

Tout cela, c'est de la poésie; il faut en venir à
la vie réelle. Ne sais-tu pas combien de honteux
mystères sont cachés souvent sous le voile qui re-
couvre les secrets des familles?... Le voile est séduisant, il peut être étincelant d'or et de pierreries;
mais, s'il t'était donné de soulever un de ses bords,
toi si délicat, toi si exigeant, tu reculerais d'horreur! Tu veux une jeune fille pieuse, belle, douée de

toutes les qualités du cœur et de l'esprit ; les qualités
de la jeune personne ne te suffisent pas, il te faut
encore une famille irréprochable ; et, non content de
telles exigences, tu viens ajouter la naissance, la distinction, que sais-je encore ? Tu vois le monde en
artiste au cœur noble, enthousiaste de tout ce qui
est beau ; mais tu rêves un idéal impossible. Je te
comprends, il serait si consolant pour toi de te créer
une oasis de vertu et de beau idéal ; il te serait si
doux de vouer ta vie entière à un ange terrestre,
modelé sur les beaux rêves de ton excellente nature !
Mais, pauvre ami, tes rêves sont irréalisables en ce
monde. Dailleurs, des familles qui posséderaient de
tels avantages t'accepteraient-elles ? Ne t'exposerais-tu
pas à un échec qui te serait d'autant plus douloureux
qu'il aurait pour résultat de t'expulser d'un paradis
terrestre — *entrevu* ?... La jeune fille que je te pro-
pose possède toutes les qualités morales et intellec-
tuelles que tu désires, sa famille aussi... que cela te
suffise. C'est assez. L'heure du rendez-vous est arrivée. Cette jeune fille viendra dans un instant s'asseoir sur ce banc avec une dame. Elles causeront
ensemble sur les questions qui te tiennent le plus
au cœur ; tu tâcheras d'entendre leur entretien...
Puis ma femme et moi nous viendrons, nous les sa-
luerons ; alors tu paraîtras, tu nous aborderas, et
voilà l'affaire en train...

SCÈNE VI

HECTOR, se plaçant de manière à voir et à entendre sans être vu.

Quelle est donc cette inconnue?... Pourquoi un ami si tendre ne révélerait-il pas à son ami toute la vérité?... Est-ce cruel de me laisser ainsi en suspens... Enfin, espérons... Ah! la voici!

SCÈNE VII

MADAME DE LA BASTÉRIDE, MADEMOISELLE FÉLICIE RENARD, M. DESVIRIS.

MADAME DE LA BASTÉRIDE.

Voulez-vous que nous nous asseyions un instant sur ce banc?

MADEMOISELLE RENARD.

Volontiers, madame...

MADAME DE LA BASTÉRIDE.

Je veux vous donner un conseil.

MADEMOISELLE RENARD.

Madame, tout conseil donné par vous est précieux;

et, quel qu'il soit, je le recevrai avec la plus vive gratitude.

MADAME DE LA BASTÉRIDE.

Vous n'avez pas encore vu beaucoup le monde ; cependant vous devez y avoir aperçu bien des bassesses.

MADEMOISELLE RENARD.

Hé ! madame, je ne sais guère ! j'ai tâché de ne pas les voir.

MADAME DE LA BASTÉRIDE.

Vous ne les avez pas encore vues, et vous ne les verrez que trop tôt, mais enfin, vous les verrez... Je suis très-satisfaite que vous opposiez comme cuirasse à ces traits empoisonnés une modestie, une réserve très-louables, et que j'approuve de tout mon cœur. Cependant il est bon, en conservant la réserve qui convient si bien à une jeune fille, de savoir vivre avec les hommes, même lorsqu'ils sont mauvais. Que les attaques malhonnêtes dirigées par certaines personnes contre vos principes ne vous effarouchent point... Laissez passer sans vous émouvoir toutes ces faiblesses inséparables de l'humanité, et sachez conserver un cœur calme au milieu de la bataille.

MADEMOISELLE RENARD.

Ah ! madame, c'est bien difficile ; comment pourrais-je ne pas être profondément peinée en voyant des hommes qui méprisent les lois du bien, et qui désirent même propager leurs erreurs !

MADAME DE LA BASTÉRIDE.

Je ne vous conseille pas de les approuver ; mais tâchez d'être plus insensible... Et puis, viendra le jour où vous prendrez un mari... Qui peut vous répondre qu'il ne contrariera pas vos idées ?... Si vous ne vous êtes pas habituée à un certain courage, vous serez dans une souffrance continuelle avec lui ; et vous finirez peut-être par vivre moins unie avec ce mari dont vous ne saurez pas supporter les défauts.

MADEMOISELLE RENARD, avec vivacité.

Madame, je préfère infiniment ne me marier jamais que de prendre un mari qui ne partagerait pas pleinement mes convictions...

MADAME DE LA BASTÉRIDE.

A cela il n'y a rien à répondre,... si ce n'est qu'en devenant plus vieille vous pourriez bien raisonner autrement... Vous vous lasserez de cette solitude dans laquelle votre cœur languira, et vous finirez peut-être par accepter un mari plus mauvais que ceux que vous aurez refusés dans votre jeunesse...

MADEMOISELLE RENARD.

Madame, la déférence et l'affection que je vous dois

me défendent de me mettre en opposition avec votre
expérience;... mais j'ai le bonheur d'avoir encore un
père auquel revient de droit et de fait le soin de cette
grave question : lorsqu'il verra le moment convenable arrivé, je suis convaincue qu'il me le fera connaître...

MADAME DE LA BASTÉRIDE.

Le respect et la confiance que vous accordez à votre
père sont très-convenables; mais pensez-vous que
moi, mère de famille, je vous parlerais de ces choses-
là, si je n'avais pas la certitude de recevoir son approbation? Je suis étonnée qu'avec la délicatesse ha-
bituelle de vos sentiments, et le tact que vous mon-
trez ordinairement en toutes choses, vous n'ayez pas
immédiatement compris que, si je vous parle de mariage, c'est que j'ai parfaitement le droit de le faire...
Vous m'avez supposée capable d'un manque de convenances qui me blesse profondément.

MADEMOISELLE RENARD.

Oh! mille fois pardon, madame, combien je suis
honteuse de ma maladresse!... Malgré mes vingt-trois
ans, je ne suis encore qu'une enfant... Que deviend-
rais-je si je n'avais plus pour me diriger l'amour de
mon père d'abord, et, en son absence, votre zèle ma-
ternel?... Je vous en supplie, excusez une enfant qui
ne comprenait pas la gravité de sa faute...

MADAME DE LA BASTÉRIDE.

C'est bien, vous êtes pardonnée... Mais revenons à notre question si elle ne vous effraye pas trop.

MADEMOISELLE RENARD.

Madame, vous déployez envers moi une bonté dont je suis bien indigne. Veuillez permettre que nous ne parlions pas de mariage maintenant, je suis trop troublée de la sottise dont je viens de me rendre coupable envers vous... Et puis ce mot de mariage auquel je ne m'attendais pas est venu augmenter beaucoup mon trouble;... je suis un peu fatiguée;... oserais-je vous prier de me reconduire au chalet?...

HECTOR, à part.

Ah! mon Dieu!... quel contre-temps?

MADAME DE LA BASTÉRIDE.

Si vous le désirez, je le veux bien; mais ne seriez-vous pas mieux en restant ici à l'air?...

MADEMOISELLE RENARD.

Non, je vous en prie, permettez que je rentre. J'éprouve ici une inquiétude dont je ne me rends pas compte... Je crains... (Elle regarde autour d'elle.) Je ne sais pas ce que je crains;... je crains de me trouver mal... je préfère rentrer... Rentrons, je vous en prie...

MADAME DE LA BASTÉRIDE.

S'il en est ainsi, rentrons vite... (Elles rentrent.)

SCÈNE VIII

HECTOR.

Et je ne puis lui porter secours !... Elle se soutient
à peine... C'est désolant! cet entretien allait à merveille... Elle me plaît beaucoup... Quelle sensibilité !...
Quelle délicatesse !... C'est une indisposition passa-
gère ; dans quelques minutes je pourrai lui parler...
O ravissant trésor d'amabilité, guéris-toi bien vite !...
Cette fois, Arthur va m'apprendre qui elle est... Il a
beau dire ; mais, après tous les rêves de naissance qui
m'ont passé par la tête, je ne pourrais pas être heureux avec une femme d'origine trop obscure ; je con-
serverais toujours une arrière-pensée qui me désen-
chanterait et nuirait même à mon affection pour
elle... Je crois qu'elle serait beaucoup moins heureuse et moi aussi... Mais certainement je n'ai rien
de semblable à craindre en cette circonstance.... En
supposant qu'elle n'appartienne pas à la plus haute
aristocratie, elle est au moins issue de quelque famille
bourgeoise ancienne et dont les traditions sont celles
qui me plaisent; sans cela Arthur ne me la propose-
rait pas .. Ah! il revient! Que va t-il m'apprendre?

SCÈNE IX

HECTOR, ARTHUR.

HECTOR.

Eh bien, cher ami?

ARTHUR.

Elle est fatiguée ; je crois que tu ne pourras pas lui parler aujourd'hui... Cette dame va la reconduire dans sa voiture ; ma femme et moi nous les accompagnerons... Mais viens me voir ce soir, et nous parlerons d'elle ; qu'en penses-tu ?

HECTOR.

Elle me plaît beaucoup... Dis-moi donc qui elle est...

ARTHUR.

Je te dirai cela plus tard... à ce soir... adieu ! (Il part.)

SCÈNE X

HECTOR.

Il me dira cela plus tard !.. Et quand donc?.. que signifie ce mystère?.. Pauvre fille !.. C'est son trop bon

cœur qui a été la cause de son indisposition... Il faut
cependant qu'elle n'ait pas une très-bonne santé, pour
se trouver mal si facilement.. Et qui sait?... une nature de fille est si impressionnable... Mais que vais-je
faire, maintenant?... Retourner seul chez moi, c'est
bien triste... Cependant, il faut que j'en prenne mon
parti... Voilà qu'elles partent; alors je vais me reposer aussi au chalet... J'y verrai des hommes qui
boivent, qui fument; c'est peu sentimentale; mais,
puisque je dois encore me passer de sentiment, je
tâcherai de me distraire comme je pourrai..... (Il va au
chalet pendant que mademoiselle Fleuron en sort mystérieusement.)

SCÈNE XI

MADEMOISELLE FLEURON, ajustée de manière à ne pas être
reconnue.

C'est bien ce que je supposais : il s'agit de marier
Hector avec cette institutrice !... Hector, l'homme aux
prétentions aristocratiques, devra se déclarer satisfait !.. Ou plutôt il s'agit de mademoiselle de la Bastéride, et cette institutrice n'est que le manteau sous
lequel on veut cacher l'affaire... Ainsi, j'aurai suivi
ce jeune homme partout pendant cinq années, j'aurai
mis tout en œuvre pour connaître tous les actes de

sa vie la plus intime, et voilà des gens qui n'ont eu
que la peine de recueillir mon témoignage, et qui
oseraient profiter de mes travaux pour m'évincer!
Oh! non, certes!. J'ai acquis des droits sur lui, et je
trouverai bien le moyen d'empêcher cela.... (Elle fait
quelques pas dans une grande agitation) On m'aura intimidée,
en me persuadant qu'il me refuserait parce que je
ne possède aucun titre nobiliaire, et, après m'avoir
fait perdre une année par cette manœuvre hypocrite,
on lui donnera vite une fille qui est à peine en âge
d'être mariée!... mieux encore, cette institutrice!...
une fille qui tombe en défaillance pour une bagatelle!...
Et c'est à madame des Granges, ma confidente, que
je devrai de telles choses!... Ah! quelle perfidie!...
c'en est trop!... (Elle reste un instant silencieuse, et complétement absorbée ; puis, sortant brusquement de sa rêverie et
dans une agitation excessive.) Qu'une fille est à plaindre!...
qu'elle ne veuille pas se marier, chacun la regarde
comme une espèce de monstre, elle ne peut paraître
sans être l'objet de la risée générale : « elle ne veut
« pas se marier parce que personne ne la voudrait ;
« vieille fille!... vieille fille!... » On la montrerait volontiers du doigt, toutes les vexations imaginables peuvent être accumulées sur celle qui ne juge pas bon
d'accepter la tyrannie d'un homme.... Qu'elle se marie au contraire, la voilà exposée à tous les caprices
de celui qui ose se dire son maître... Un maître à

moi!.. Mais pourquoi ne serais-je pas la maîtresse aussi bien que vous, messieurs?.. Je veux commander et non obéir... Si encore vous étiez toujours justes dans vos volontés, nous pourrions peut-être nous soumettre, nous sommes si bonnes!. Mais des caprices, de la tyrannie!... tout l'agrément pour vous, pour nous toutes les douleurs!... Je ne comprends pas comment nous acceptons de telles choses... Mais il me semble qu'avant de consentir à tomber dans ce gouffre affreux qu'on appelle le mariage, nous devrions au moins en connaître le tyran, jusque dans ses pensées les plus intimes, nous devrions avoir fouillé dans ses faits et gestes les plus secrets, nous devrions avoir disséqué son âme et son corps. Au lieu de cela, nous permettons qu'on nous jette en pâture à la première harpie qui se présente pour nous dévorer!.. Quant à moi qui n'ai jamais voulu faire une telle folie, j'ai pris des peines prodigieuses pour étudier ce M. Hector ; je le connais maintenant comme je me connais moi-même, et c'est maintenant qu'on viendra me l'enlever à l'aide d'une perfidie abominable!. Oh!... non!... cela ne se fera pas!... non mille fois non!!! (Elle part.)

FIN DU PREMIER ACTE.

ACTE II

Cet acte se passe dans le parc de madame de la Bastéride

SCÈNE PREMIÈRE

HECTOR, ARTHUR.

ARTHUR.

Pour moi, je ne puis rien te garantir; depuis deux ans que je la vois, je ne suis pas plus avancé que le premier jour. Je reconnais en mademoiselle de la Bastéride un des produits de notre civilisation tous fondus dans le moule de la mode, tous uniformisés par l'observation de convenances extérieures et conventionnelles... Mais avec toutes ces convenances apparentes, les mères savent très-bien exercer leurs filles à la ruse et au mensonge... Lorsqu'arrive l'époque du mariage, habituées à la dissimulation, elles jouent à merveille le rôle qui leur est indiqué comme devant être le plus

profitable ; le mariage n'est pour elles qu'une lutte en
champ clos dans laquelle le plus fourbe l'emporte, et
le jeune homme, s'il est simple et confiant, est à peu
près certain d'être pris au piége...

HECTOR, l'excès de ses préoccupations lui donne l'air ennuyé.

Mais enfin qu'as-tu découvert chez madame de la
Bastéride?

ARTHUR.

Rien, te dis-je, je n'ai vu que des convenances
extérieures parfaitement observées... Mais qu'y a-t-il
là-dessous?.. Je l'ignore complétement... J'avais trouvé
le trésor qui pouvait satisfaire ton cœur droit, tu n'en
veux pas, tu préfères cette demoiselle de la Bastéride...
A ton aise!...

HECTOR.

Je te répète que j'estime beaucoup mademoiselle
Renard, mais je ne puis pas l'aimer... Mademoiselle
de la Bastéride, au contraire, me plait infiniment, bien
que je lui trouve l'air un peu orgueilleux; mais je ne
sais quel rêve de mon cœur me persuade que c'est
une illusion, et qu'elle me rendra heureux.

ARTHUR.

Singulière faiblesse de l'esprit humain! Toi qui
étais si intraitable, qui voulais voir, connaître, estimer
une personne avant de lui donner ton cœur, tu en

rencontres une qui se laisse voir, connaître avec la plus grande franchise, tu l'estimes et tu ne l'aimes pas... En voilà au contraire une autre que tu estimes peu, et tu l'aimes éperdûment, tu transformes ses défauts visibles en qualités inconnues, tu abdiques en sa faveur toute une jeunesse de raison et de courage, et tu pousses la folie jusqu'à devenir sourd aux conseils de l'amitié la plus dévouée ! Eh bien, puisque cette demoiselle de la Bastéride te plaît tant, demande-la, plonge-toi dans toutes les incertitudes d'un avenir inconnu. Pour moi, j'ai fait tout ce qui était possible pour te sauver ; maintenant je t'abandonne à toi-même. (Il part.)

SCÈNE II

HECTOR.

Digne et excellent ami... Je te fais de la peine !... ah ! je souffre plus que toi... J'ai besoin de me reposer un peu, je ne puis pas rentrer au salon dans cet état... Voici deux chaises, un banc ; si je pouvais avec cela me faire un petit lit champêtre, et sommeiller un instant?... (Il se prépare une espèce de lit et s'y étend à moitié.) Oui, c'est une bonne idée, mon esprit sera plus calme... Je ne suis pas très-bien ainsi... Je

serai mieux de ce côté... Me voilà bien... Ouf! quel
assaut! (Il ferme les yeux.)

SCÈNE III

HECTOR, MADEMOISELLE FLEURON, PIERRE.

Mademoiselle Fleuron et Pierre sortent avec précaution d'un bois taillis,
ils parlent ensemble à voix basse et s'approchent insensiblement.

MADEMOISELLE FLEURON.

Il s'endort ; c'est très-bien, c'est parfait... Alors
parlons un peu... Tu comprends, Pierre, que voilà
le moment de me servir.. Je pense que tu me dois
assez, et que ta fidélité future sera assez largement
récompensée pour que je puisse compter sur ton zèle
sans limite...

PIERRE.

Mademoiselle, vous pouvez compter sur moi...

MADEMOISELLE FLEURON.

C'est bien... Le domestique que tu as remplacé a
obtenu par mes efforts un emploi qui lui est très-
avantageux : il est loin de nous, il est content : nous
n'avons pas à craindre de le voir reparaître; nous
pouvons donc agir tout à notre aise.. Mais sois discret,
n'abuse pas de la confiance que j'ai en toi...

PIERRE, avec un certain air de gaieté résultant de sa confiance en son propre mérite.

Mademoiselle me connaît depuis assez longtemps
pour savoir ce dont je suis capable... Mademoiselle
trouvera en moi un serpent, qui se glissera partout,
piquera toutes les fois qu'elle l'ordonnera, et repa-
raîtra aux yeux étonnés sous la blanche toison d'un
agneau timide... Seulement j'espère que l'article des
gratifications honnêtes sera traité par mademoiselle
avec son talent ordinaire.

MADEMOISELLE FLEURON.

Sois tranquille.

PIERRE.

Mademoiselle, me voilà à vos ordres, vous n'avez
qu'à parler et j'obéis...

MADEMOISELLE FLEURON.

Voici le fait... Il s'agit de remplacer M. Desviris
par un jeune homme que je connais, et qui conviendra
beaucoup mieux à mademoiselle de la Bastéride... Pour
cela, il suffit de gagner quelques jours ; ce jeune
homme plaira plus que ce M. Hector ; il sera accepté
immédiatement, et, lorsque monsieur le peintre reviendra, la place sera prise... Je ne veux pas dire pour
cela du mal de M. Desviris ; mais il n'est pas l'homme
qu'il faut à une famille comme celle de mademoiselle

de la Bastéride. C'est rendre service aux uns et aux autres que de lui donner le remplaçant auquel j'ai pensé ; absolument comme j'ai rendu service à ton prédécesseur, en l'envoyant bien loin et t'établissant à sa place.

PIERRE.

Service qui a eu en même temps l'avantage de vous donner ici un serviteur dévoué, prêt à tout pour obéir à vos ordres, mais qui jusqu'à présent ne comprend pas comment ses mains grossières pourront tremper dans une intrigue si délicate.

MADEMOISELLE FLEURON.

Oh ! ton rôle sera bien simple ; quelques petits mensonges que tu débiteras adroitement, et qui seront attribués à ta maladresse, ou d'autres bagatelles de cette sorte, et le tour sera fait.

PIERRE.

Alors Mademoiselle voudra bien façonner à ces petits mensonges ma langue innocente.

MADEMOISELLE FLEURON.

Présentement même tu vas ouvrir la guerre... M. Desviris est endormi ; tu le laisseras bien dormir, et, lorsqu'il commencera à sortir de son sommeil, tu t'approcheras de lui, revêtu de ta plus séduisante politesse, tu manifesteras des craintes pour sa santé, tu lui

2.

offriras l'aide de ton bras, que sais-je?... Tout ce qui te
passera par la tête pour arriver à lui dire : Ah!
monsieur, j'ai passé tout à l'heure près du château,
mademoiselle de la Bastéride se promenait ; elle avait
l'air un peu triste. Tu pourras peut-être hasarder timidement le mot de colère. L'essentiel est qu'il la croie
fâchée, et qu'il soit naturellement amené à admettre
qu'il est lui-même la cause de cette mauvaise humeur...
Mon habileté fera le reste... Et puis n'oublie pas de
me rapporter textuellement l'entretien que tu auras
eu avec M. Desviris... Je te retrouverai ici...

PIERRE.

Mademoiselle, toutes les puissances de ma mémoire
et de ma politique seront à votre service, et je tâcherai que l'élève se montre digne de son professeur...
(Elle part.)

SCÈNE IV

PIERRE, HECTOR.

PIERRE.

Est-elle rusée!... M. Desviris est un homme perdu!
Allons, puisqu'elle le veut, attaquons la citadelle... Il
faut bien espérer qu'il ne dormira pas longtemps.
(Il râcle les allées en fredonnant, s'éloigne un peu, regarde au

loin dans la campagne, revient, et continue son travail.) Elle
retourne au château ; que va-t-elle préparer?... Et
pourquoi donc M. Flotte des Granges part-il déjà
avec sa femme?

HECTOR, se réveillant; à part.

Je me suis endormi, et tout de bon!... Que va-t-on
dire de moi?... Et ce jardinier qui m'a surpris dans
mon sommeil!...

PIERRE, s'approchant.

Oh! pardon, je n'avais pas vu monsieur; monsieur
serait-il fatigué?...

HECTOR.

Non, non, j'ai la tête un peu appesantie, je ne
suis pas malade.

PIERRE.

J'apprends avec plaisir que monsieur n'est pas
malade; mais je me croyais un peu autorisé à
craindre....

HECTOR.

Quoi donc?... Parce que je fermais les yeux
un instant?... Cela ne signifie rien... La chaleur...
la marche...

PIERRE.

Et puis.... un peu les émotions du cœur...

HECTOR.

Quoi?... que voulez-vous dire?...

PIERRE.

Les nouvelles volent vite... Nous savons bien qu'aujourd'hui monsieur n'est venu voir madame de la Bastéride qu'avec des intentions toutes particulières,... et c'était précisément pourquoi je craignais que monsieur ne fût malade... Dormir dans un si doux moment!... Monsieur voudra bien me permettre de lui faire part d'une idée qui me traverse la tête...

HECTOR.

Soit; mais parlez vite...

PIERRE.

Oh! je pense que monsieur ne sera pas fâché que je lui parle de ces choses-là...

HECTOR.

Parlez donc vite... Qu'y a-t-il?...

PIERRE.

Eh bien, je passais tout à l'heure, en venant ici, près du château... Mademoiselle de la Bastéride se promenait, .. elle avait l'air triste, contrarié... peut-être un peu... Instinctivement, je vous ai cherché des yeux, pensant que vous deviez être...

HECTOR.

Comment?... Que je devais être?... Achevez donc...

PIERRE.

Achever! monsieur, c'est vraiment difficile...

HECTOR, un peu impatienté.

Mais non, vous dis-je, achevez et vite.

PIERRE.

Puisque monsieur le veut absolument... Moi qu ne suis qu'un pauvre jardinier, si je voulais épouser une jolie fille, je ne viendrais pas, pour lui faire la cour, m'endormir ici tout seul sous un chêne...

HECTOR.

Vous êtes bien insolent !

PIERRE.

Oh! je n'ai parlé que parce que monsieur m'y a contraint en me l'ordonnant à plusieurs reprises.

HECTOR, à part.

Où est Arhur?... (A Pierre.) J'étais ici tout à l'heure avec un de mes amis, vous devez l'avoir vu. De quel côté s'est-il dirigé ?...

PIERRE.

Tout à l'heure .. pouf... je viens de voir un

monsieur sortir avec une dame par la grille du château...

HECTOR, à part.

Avec une dame?... serait-ce sérieux?... il emmène sa femme, il ne veut pas même lui permettre d'agir en ma faveur, mais c'est un cas pendable... (Il s'éloigne brusquement).

SCÈNE V

PIERRE.

Hé!... hé!... Je suis content de moi. Il devait la croire fâchée,... être convaincu qu'il est lui-même la cause de cette mauvaise humeur... Je pense avoir assez bien réussi... Il en a l'air dix fois convaincu... Et à présent, que va-t-il résulter de là?... Qu'a-t-elle préparé là-bas?... Ah! c'est bien à elle que je dois mes petits talents... Pensait-elle me former si bien, le jour où elle m'a rencontré pour la première fois, cherchant une place après avoir été chassé par mon niais d'épicier. . et cela parce que je lui avais mangé un peu de confiture!... C'était une bagatelle bien pardonnable à un jeune homme de vingt ans qui n'avait jamais mangé que du pain noir dans son village... Mais je dois avouer avec orgueil qu'à peine arrivé à

Paris, j'ai été vite à la hauteur de ma nouvelle position;
et, si mon épicier ne m'avait pas congédié si promp-
tement, ses confitures ne s'en seraient pas trouvées
bien... Il a pris le bon parti, et mademoiselle Fleuron
s'est trouvée là pour me recueillir... Avec son nez
de renard, elle a tout de suite senti qu'il y avait en
moi tous les éléments nécessaires à l'homme qu'elle
cherchait. — Elle m'a initié à tous les secrets de sa
politique tortueuse, et, grâce à mon aptitude natu-
relle, j'ai pu en moins d'un an commencer le rôle
d'espion matrimonial... Lui en ai-je déjà fait passer
sous les yeux, des jeunes gens de tout calibre!...
Mais quand donc en trouvera-t-elle un qui soit de son
goût?... Oh! à d'autres elle pourrait faire croire qu'il
s'agit généreusement de procurer à mademoiselle de
la Bastéride un mari qui lui convienne mieux que
ce M. Desviris! Mais, à moi, elle ne fera pas croire
cela. Mademoiselle Fleuron est toujours très-géné-
reuse, lorsqu'elle y trouve son intérêt... Et puis au
lieu de dire mademoiselle Fleuron, je pourrais bien
dire tout le monde. Quand on rend un service, on
ne le fait que parce qu'on espère y trouver un certain
avantage. Rendre service pour rendre service, je ne
comprends guère cela... J'ai déjà vu assez de gens
de toute sorte, j'ai toujours remarqué qu'ils rendaient
un service lorsqu'il y avait pour eux quelque avantage visible ou caché à le faire... Ah! j'excepterai

peut-être ma vieille baronne de la rue du Bac... Oui,
je l'ai surprise faisant un acte vraiment héroïque, et
surprise sans qu'elle l'ait vu, et sans que personne
autre que moi se soit jamais douté de ce qu'elle avait
fait... Celle-là offrait un sacrifice à ses convictions religieuses... Il faut convenir qu'elle était bien bonne;
si elle n'avait pas voulu toujours me sermonner, j'y
serais resté plus longtemps... Mais, Pierre, où allez-
vous? Mais, Pierre, vous restez trop longtemps dehors;
mais Pierre par-ci, mais Pierre par-là... Oh! je ne
pouvais plus vivre de la sorte, et je lui ai bien vite
dit adieu, en même temps qu'elle disait elle-même
adieu à Paris, pour aller demeurer aux environs de
Blois dans son château... Et comme toujours j'ai re-
trouvé mademoiselle Fleuron prête à me tirer d'embarras... A propos, elle m'a dit qu'elle me retrou-
verait par ici... Elle est bien longue à revenir... Que
fait-elle de son M. Hector?... (Il regarde du côté du
château). Mais... mais... que vois-je là-bas?... C'est
elle qui vient avec mademoiselle de la Bastéride!...
oh! c'est vraiment plaisant!... Elle me charge de faire
retourner M. Desviris au salon, et puis, lorsqu'il paraît, elle trouve le moyen de faire partir mademoiselle de la Bastéride; il sera bien contraint d'admettre
qu'elle est fâchée contre lui... Pendant qu'elle décou-
ragera M. Desviris, elle persuadera à mademoiselle
de la Bastéride que M. Desviris ne se soucie nulle-

ment d'elle, agaçant d'un côté et de l'autre, tout en ayant l'air de vouloir tout concilier ; elle gagnera au moins quelques jours à l'aide d'une petite brouillerie ; ce qu'elle voulait. Oh ! femme ! oh ! quintessence de la femme !... C'est vraiment trop de duplicité... Ah ! mademoiselle, moi votre grand vendu, si j'osais, je donnerais ma démission !... Et encore je suis bien certain qu'il y en a beaucoup plus que je n'en suppose... Toutes les fois qu'elle a tenté un coup, j'ai eu beau me creuser la tête, je n'ai jamais réussi à découvrir tous les fils mystérieux qu'elle tenait dans ses mains crochues... Enfin, je ne suis pas responsable des suites... C'est son affaire !... Après tout, je fais un commerce comme un autre. Mon épicier ne glissait-il pas un peu de poussière de brique dans la pâte de son chocolat ? Mon commerce vaut bien le sien... Les voilà... Je vais me cacher dans ce bois taillis, et, si elle veut me parler, elle saura bien me trouver.

SCÈNE VI.

MADEMOISELLE FLEURON, MADEMOISELLE DE LA BASTÉRIDE.

MADEMOISELLE FLEURON.

Vous savez, la timidité n'est qu'un défaut secondaire. J'ai entendu depuis longtemps parler de ce

3

eune homme, je connais ses amis, et je crois que vous trouverez en lui toutes les qualités essentielles.

MADEMOISELLE DE LA BASTÉRIDE.

Soit, pour les qualités essentielles ; mais cela ne suffit pas, il faut qu'il me plaise...

MADEMOISELLE FLEURON.

C'est parfaitement vrai.

MADEMOISELLE DE LA BASTÉRIDE.

Sa timidité exagérée me déplaît considérablement. Comprend-on un homme qui, venant demander la main d'une jeune personne, ose à peine lui adresser la parole ; qui est assez ridicule pour la fuir ; qui disparaît pendant je ne sais combien de temps, et qui rentre tout à coup d'un air effaré, comme s'il venait d'être attaqué dans un bois par quatre bandits?

MADEMOISELLE FLEURON.

Je conviens que c'est assez inexplicable. Aussi c'était pour lui donner une leçon qu'il méritait bien que je vous ai conseillé de sortir avec moi dès qu'il rentrerait. Vous lui deviez ce blâme public pour l'outrage public dont il venait de se rendre coupable envers vous... J'espère que la dignité de votre conduite lui fera comprendre à l'avenir que ce n'est pas avec vous qu'on peut se permettre de telles incartades.

Mais, la leçon ayant été donnée suffisante, vous ferez peut-être bien de le pardonner... Ah! si vous aviez à votre disposition un autre jeune homme exempt de cette bizarre timidité, je comprendrais que vous fussiez plus rigoureuse à l'égard de M. Desviris. Mais, puisque vous n'en avez pas d'autre, voici une occasion de vous marier dont vous feriez peut-être bien de profiter.

MADEMOISELLE DE LA BASTÉRIDE.

Mademoiselle, je suis très-jeune encore... Et si quelqu'un pouvait donc m'en trouver un autre... Mais, vous-même, mademoiselle, vous connaissez beaucoup de jeunes gens.

MADEMOISELLE FLEURON.

Je le ferais tout de même pour vous être agréable... Mais je ne vois pas quel jeune homme je pourrais vous indiquer.

MADEMOISELLE DE LA BASTÉRIDE.

Tâchez donc de trouver.

MADEMOISELLE FLEURON.

Je ne connais personne qui puisse vous convenir... Je pourrai demander, prendre des informations.

MADEMOISELLE DE LA BASTÉRIDE.

Oh! oui, c'est cela... Je vous en serai très-reconnaissante.

MADEMOISELLE FLEURON.

Si je trouvais un jeune homme, ce n'est pas moi
qui vous le proposerais; j'ai en horreur tous ces tri-
potages... Et puis il faudrait que le silence de ma
coopération, même très-indirecte, fût gardé scrupuleusement, sans exception aucune.

MADEMOISELLE DE LA BASTÉRIDE.

Mademoiselle, vous pouvez être parfaitement tranquille; de la part de ma mère, il est évident que vous
n'avez rien à craindre, et, quant à moi, je puis vous
garantir...

MADEMOISELLE FLEURON, l'interrompant.

Je suis parfaitement rassurée sur votre discrétion...
Je cherche parmi mes connaissances qui pourrait
m'indiquer ce qu'il vous faut... Je ne vois pas... Il
n'est pas indispensable que nous le trouvions tout de
suite.

MADEMOISELLE DE LA BASTÉRIDE.

Cependant, ça ne nuirait pas.

MADEMOISELLE FLEURON.

Je conviens que, si nous l'avions immédiatement
sous la main, nous serions bien plus puissantes contre
ce M. Desviris.

MADEMOISELLE DE LA BASTÉRIDE.

Oh! oui, trouvez-en donc un autre.

MADEMOISELLE FLEURON.

Alors, asseyons-nous ici un instant, et cherchons ..
Mais comme ces chaises sont en désordre! Il y a peu
de temps que j'ai passé par là, et tout était dans un
ordre parfait... Serait-ce M. Desviris qui serait venu
rêver ici?

MADEMOISELLE DE LA BASTÉRIDE.

Il aurait tout bouleversé dans notre parc, pendant
qu'il me laissait au salon!... Oh! il en serait bien capable!

MADEMOISELLE FLEURON.

Une idée excellente me vient... (S'asseyant.) Mais j'ai
votre affaire...

MADEMOISELLE DE LA BASTÉRIDE.

Quel bonheur!

MADEMOISELLE FLEURON.

Comment se fait-il que je n'y aie pas pensé plus
tôt?... Une dame des environs de Blois, qui autrefois
habitait Paris, a un fils charmant auquel elle cherche
femme. Je l'ai vue dans son château, il y a environ
un mois. Elle me disait : Mademoiselle, vous qui connaissez tant de monde, trouvez donc à mon fils une
bonne et vertueuse fille, appartenant à une famille
qui ne diffère pas trop de la nôtre... Et à ce moment-
là, j'étais assez sotte pour ne pas penser à vous...

Quelle mère excellente!... Elle ravit tous ceux qui l'abordent; on ne peut pas lui résister... Une tête si vénérable, un air de dignité, de convenances, vraiment exquis. Et puis une famille de première noblesse... Ah! là, au moins, vous seriez dans votre élément.

MADEMOISELLE DE LA BASTÉRIDE.

C'est cela qu'il me faut. Qu'est ce donc que ce peintre? Je ne comprends pas comment ma mère a pu penser à lui un seul instant.

MADEMOISELLE FLEURON.

Pauvre M. Desviris! Ça me fait de la peine pour lui, c'est pourtant un bon garçon.

MADEMOISELLE DE LA BASTÉRIDE.

Dites donc : un bon niais.

MADEMOISELLE FLEURON.

Que pouvait-il faire dans le parc?

MADEMOISELLE DE LA BASTÉRIDE.

Ah! quel original!

MADEMOISELLE FLEURON.

Votre jardinier doit bien l'avoir rencontré... Cherchons-le donc, qu'il nous dise... (Elle le cherche des yeux.) Très-bien, très-bien!... c'est lui que je vois là-bas...

Faisons-lui signe de venir nous parler... (Elle l'appelle du geste.) Il saura sans doute ce que votre peintre a fait dans le parc. (Elle appuie d'une manière spéciale sur ces deux mots : Votre peintre.)

MADEMOISELLE DE LA BASTÉRIDE, avec un air d'indignation.

Mon peintre!... Ne dites pas cela; je ne lui confierais pas même l'honneur de faire mon portrait.

MADEMOISELLE FLEURON.

Ah! le voilà, le voilà! Voyons ce qu'il va nous dire.

SCÈNE VII.

LES MÊMES, PIERRE.

MADEMOISELLE DE LA BASTÉRIDE.

Avez-vous rencontré un jeune homme, tout à l'heure, dans le parc?

PIERRE.

J'ai bien vu tout à l'heure un monsieur qui sortait par la grille du château avec une dame.

MADEMOISELLE DE LA BASTÉRIDE.

Avec une dame!... Maladroit, ce n'était pas un

jeune homme. (Mademoiselle Fleuron lui fait signe de
parler.) C'étaient monsieur et madame Flotte des
Granges qui sortaient.

PIERRE.

Je n'ai vu que M. Desviris qui s'était endormi sur ce
banc, et je l'ai réveillé en...

MADEMOISELLE DE LA BASTÉRIDE, l'interrompant avec
une indignation extrême.

Endormi!...

MADEMOISELLE FLEURON.

Endormi!...

PIERRE.

Oui, mademoiselle... Il était étendu sur ce banc;
il s'était même fait un lit en y ajoutant ces deux fauteuils, et il dormait si bien que j'ai travaillé ici autour
de lui pendant peut-être cinq minutes, raclant et
chantant, avant qu'il m'ait entendu.

MADEMOISELLE DE LA BASTÉRIDE.

Ah! c'est vraiment trop fort...

MADEMOISELLE FLEURON.

Je conviens que ce dernier coup est propre à
ébranler le plus grand courage...

MADEMOISELLE DE LA BASTÉRIDE.

C'est un misérable sot!... Un rustre de cette espèce

doit être congédié, et lestement. (Elles partent. Mademoiselle Fleuron arrête mademoiselle de la Bastéride.)

MADEMOISELLE FLEURON.

Lestement?... Attendez, réfléchissons. (Au jardinier.)
C'est bien, Pierre, laissez-nous. (A mademoiselle de la
Bastéride.) Non, il serait mieux de dissimuler un peu...
Le jeune homme dont je vous ai parlé ne serait peut-
être pas fâché s'il avait la gloire de triompher d'un
rival...

MADEMOISELLE DE LA BASTÉRIDE.

Oh !... quel rival !...

MADEMOISELLE FLEURON.

N'importe, vous ferez bien de traîner M. Desviris
en longueur. Mon jeune homme, sachant que vous
êtes demandée, se pressera davantage ; il craindra
que vous ne lui échappiez.

MADEMOISELLE DE LA BASTÉRIDE.

Mais je suis si irritée contre ce M. Desviris !

MADEMOISELLE FLEURON.

Eh bien, transformez le feu de votre colère en
glace ; soyez en sa présence comme un roc, mais ne
le découragez pas complétement. Il espérera qu'avec
un peu de patience il viendra à bout de s'établir
dans votre cœur, et ainsi... ·

3

MADEMOISELLE DE LA BASTÉRIDE, l'interrompant.

Ouf!... je l'exècre.

MADEMOISELLE FLEURON.

Par conséquent, il aura beau faire, la place restera toujours pour mon jeune homme, et la petite ruse à laquelle vous aurez eu recours aura assuré l'expulsion de M. Desviris, et son remplacement par un homme qui sera plus digne de vous.

MADEMOISELLE DE LA BASTÉRIDE.

Puisque vous le voulez, je tâcherai de me contenir; mais la chose ne sera pas facile...

MADEMOISELLE FLEURON.

Je mets encore une dernière condition : c'est que ma coopération sera cachée à tout le monde, même à votre mère...

MADEMOISELLE DE LA BASTÉRIDE.

A ma mère!

MADEMOISELLE FLEURON.

Cela ne présentera aucune difficulté. Vous n'avez pas besoin de lui parler de l'entretien que nous venons d'avoir ensemble. Si ma coopération lui était connue, je craindrais d'être mise en avant malgré moi. Je vous ai dit que j'ai horreur de toute partici-

pation à un mariage. Il faut que je vous aie voué une
affection incomparable, pour faire une exception en
votre faveur.

MADEMOISELLE DE LA BASTÉRIDE.

Vous me rendez un grand service ; vous êtes trop
bonne...

MADEMOISELLE FLEURON.

Ce jeune homme vous sera présenté par une personne dont la recommandation vaudra beaucoup
mieux que la mienne, et tout ira bien, je l'espère... Ainsi, froideur glaciale d'une part, silence
absolu de l'autre : voilà votre programme ; l'acceptez-
vous ?

MADEMOISELLE DE LA BASTÉRIDE.

Il le faut bien, puisque c'est la condition que vous
mettez à mon salut...

MADEMOISELLE FLEURON.

Vous me le promettez ?

MADEMOISELLE DE LA BASTÉRIDE.

Je vous le promets.

MADEMOISELLE FLEURON.

C'est bien, c'est convenu.

(Elles partent.)

FIN DU DEUXIÈME ACTE

ACTE III

L'atelier de M. Desviris.

SCÈNE PREMIÈRE

M. DESVIRIS, seul dans son atelier, fait un croquis au fusain
FRANÇOIS annonce M. FLOTTE.
ARTHUR, HECTOR.

ARTHUR.

Bonjour, Raphaël.

HECTOR.

Grand complimenteur, bonjour!... Ta visite me fait du bien.

ARTHUR.

Tant mieux; tu sais que je n'ai jamais voulu que te faire du bien, et je suis heureux de t'en procurer si facilement.

HECTOR.

J'avais envie de t'aller voir depuis plusieurs jours. Mais, le croirais-tu? Je n'osais pas.

ARTHUR.

Tu n'osais pas venir me voir, moi?

HECTOR.

Et oui, tu m'avais quitté avec une telle brusquerie chez madame de la Bastéride; tes reproches m'avaient jeté dans un tel accablement, et à la suite de cette altercation je ne te voyais plus!

ARTHUR.

Tu avais un moyen bien simple de me voir... Craignais-tu que l'entrée de ma maison ne te fût refusée?

HECTOR.

Non, mais je craignais d'avoir eu quelque tort malgré moi, et cependant j'avais beau sonder ma conscience, je la trouvais intacte.

ARTHUR.

Si je ne suis pas venu plus tôt m'informer de tes affaires, c'est parce que la sœur de ma femme est malade.

HECTOR.

Ah! tant pis!

ARTHUR.

Depuis que je suis marié, je ne lui ai jamais vu le moindre malaise. Mais, quelques jours après notre bouillant entretien dans le parc, elle est devenue rê-

veuse, languissante, et enfin maintenant elle est au lit.
Je me demandais si elle aussi n'avait pas quelque tour-
ment d'amour.

HECTOR.

Ah! elle aurait bien tort, l'âge de l'amour est passé,
c'est une vieille fille.

ARTHUR.

Y penses-tu? Vieille! vingt-cinq ans! Si tu parlais
de mademoiselle Fleuron, à la bonne heure.

HECTOR.

Mademoiselle Fleuron avec ses trente ans! Il n'y a
plus à en parler, c'est une Cassandre.

ARTHUR.

Misérable! Si elle t'entendait, elle t'arracherait la
langue... Mais voyons, revenons à tes affaires. On
m'a dit qu'une conspiration terrible s'était tramée
contre toi et que tu avais triomphé de tous les obstacles.

HECTOR.

Je vais te conter cela, asseyons-nous... Je crois,
en effet, qu'il y a eu vraiment une conspiration; .. et
d'abord une conspiration venant de toi... Si tu savais
dans quel embarras tu m'as jeté en partant brusquement, emmenant même ta femme, sans t'occuper de
ce que j'allais devenir.

ARTHUR.

Ah! je t'ai bien dit que je ne voulais pas avoir la
moindre coopération à ton mariage avec mademoiselle
de la Bastéride. Si tu avais accepté mademoiselle Renard, j'aurais été tout à toi, parce que je savais qu'elle
aurait fait ton bonheur. Mais avec mademoiselle de
la Bastéride, non!

HECTOR.

Si au moins tu m'avais prévenu que j'avais affaire
à mademoiselle Renard, tu m'aurais évité la douleur
de donner un refus à son excellent père; je m'estime
très-heureux d'avoir pu me tirer de cette difficulté sans
me brouiller avec lui.

ARTHUR.

Enfin, c'est fait, il ne s'agit plus de cela. Revenons
à la conspiration.

HECTOR.

Tu me laissas dans le parc si accablé, que je ne pouvais pas dans cet état me rendre immédiatement au
salon. Je voulus fermer les yeux un instant pour re-
trouver un peu de calme; mais je m'endormis complétement; je ne fus réveillé que par le jardinier. Je
me hâtai de regagner le château cherchant des yeux
M. Arthur. Ne le voyant pas, je le demandai vers
la grille au concierge, qui me répondit que M. et

madame Flotte des Granges venaient de partir... Ah!
quel coup de poignard! Je rentrai au salon, ne sachant plus quelle attitude prendre vis-à-vis de ces
dames. Mademoiselle de la Bastéride, dès qu'elle
m'aperçut, sortit d'un air fâché, entraînant mademoiselle Fleuron ; j'essayai maladroitement de balbutier quelques paroles d'excuse ; mais, voyant que
j'aggravais de plus en plus ma situation, je prétextai
une indisposition subite, ce qui, du reste, n'était pas
un mensonge. Je demandai la permission de me retirer. Madame de la Bastéride me laissa partir avec
une froideur glaciale, sans seulement s'informer de
ce que j'avais... J'étais si ahuri, que je courus pendant
deux heures dans la campagne sans savoir où j'allais...
Enfin, je pris le chemin de fer, et je rentrai chez
moi, bien résolu de revenir le lendemain réparer ma
sottise : ce que je fis, après avoir préparé un plai-
doyer pour ma défense.

ARTHUR.

Arrivons-nous à la conspiration?

HECTOR.

J'y arrive. Elle commence, elle est même déjà com-
mencée. Madame de la Bastéride me reçut très-froi-
dement, sa fille plus froidement encore... Je leur
exposai simplement et naïvement les faits, ce qui sem-
bla me réconcilier un peu avec madame de la Basté-

ride. Quant à sa fille, elle en parut exaspérée... On
m'invita à dîner, ce que j'acceptai, bien entendu. Je
tâchai d'être moins timide que la veille, et, lorsque je
quittai madame de la Bastéride, en lui demandant la
permission de revenir le lendemain, elle me dit d'un
air un peu affectueux qu'elle y consentait. Quant à
mademoiselle, je pus à peine en obtenir une parole.
J'y retournai les jours suivants, gagnant toujours du
terrain sur la mère ; la fille restant toujours inébran-
lable comme un roc.

ARTHUR.

Mais enfin, la conspiration.

HECTOR.

Ah ! tu es bien pressé, la voilà... Mademoiselle de
la Bastéride ne parlait pas, c'était précisément là le
nœud gordien de la conspiration ; j'ai su, par mademoiselle Fleuron, qu'elle avait déjà donné en secret
un morceau de son petit cœur à un certain jeune
homme de je ne sais où. Mais ce qui est plaisant,
c'est que ce jeune homme ne le savait pas et ne la
voulait pas : j'ai connu cela depuis...

ARTHUR.

Et toi qui avais toujours été si difficile, tu n'as pas
immédiatement abandonné une fille dont le cœur
accordait à un autre des palpitations clandestines !

HECTOR.

Je ne me croyais pas susceptible de cette faiblesse;
mais que veux-tu? j'étais pris, cette fille me tournait
la tête : plus elle m'opposait de résistance, plus j'étais
aiguisé par la lutte, je voulais à tout prix emporter ce
cœur d'assaut... Enfin, un jour je venais résolu de
faire tant d'efforts que je me flattais de l'espoir du
triomphe... Ah! le triomphe était déjà obtenu. Ce roc
inattaquable était transformé en cire molle : elle était
heureuse de mes assiduités, elle avait le cœur trop
sensible pour résister plus longtemps à ma persévérance, elle n'avait voulu que s'assurer de la solidité
de mon amour, elle en recevait l'expression avec bonheur, que sais-je encore? Et depuis ce jour tout a été
de mieux en mieux. Aujourd'hui elle m'aime solide-
ment, et moi, je suis fou d'amour.

ARTHUR.

Mais au moins as-tu pris la peine de t'assurer de ses
qualités?

HECTOR.

Tout le monde m'en dit un bien inimaginable; et
tout ce que je vois s'accorde parfaitement avec ce que
j'entends.

ARTHUR.

Donc tu es parfaitement résolu?...

HECTOR.

Parfaitement résolu à la prendre pour ma femme le plus tôt possible.

ARTHUR.

Comment, le plus tôt possible! Et pourquoi pas tout de suite puisqu'elle te convient si bien?

HECTOR.

Parce que la famille veut attendre la prochaine exposition. Elle pense que ces deux ou trois tableaux terminés augmenteront ma réputation, et puis elle voudrait me faire obtenir un emploi public, je ne sais lequel, ce qui m'est assez indifférent ; pourvu que mon pinceau marche et que mon cœur soit satisfait, là se borne, pour le moment, toute men ambition.

ARTHUR.

Et les affaires du pinceau vont-elles aussi bien que celles du cœur?

HECTOR.

A merveille. Depuis trois mois tout me sourit. De toutes parts on vient me confier des travaux, dont quelques-uns ne sont pas sans importance.

ARTHUR.

Et les inspirations jaillissent intarissables?

HECTOR. Avec gaieté et d'un ton ironique.

Elles jaillissent, c'est le mot exact, elles jaillissent comme les étincelles dans les forges de Vulcain. Oh ! prends garde, ne t'approche pas trop, tu serais exposé à être mitraillé.

ARTHUR.

Ah ! vive l'amour ! quelle différence il y a entre l'Hector d'aujourd'hui et l'Hector que j'ai laissé seul dans le parc !

HECTOR.

Maudite journée ! n'en parlons plus.

ARTHUR.

Et quelles nouvelles toiles te demande-t-on ?

HECTOR.

J'ai quelques portraits ; mais ce qui est beaucoup mieux que cela, j'ai reçu, il y a quelques jours, la visite d'un curé de campagne qui veut me faire peindre toute son église.

ARTHUR.

Une église de campagne ! quelle est donc cette paroisse si favorisée de la fortune ?

HECTOR.

C'est aux environs de Blois. J'avais donc bien raison de dire que mes affaires vont pour le mieux. Mais ce qui est excellent, c'est que la paroisse est assez riche pour qu'on puisse ne pas trop limiter la dépense; on veut avant tout une étude sérieuse. Tu comprends avec quel bonheur j'ai accueilli une offre pareille.

ARTHUR.

Je te félicite de tout mon cœur, c'est une occasion admirable.

HECTOR.

Malgré moi, j'y pense le jour et la nuit. Tout à l'heure, je travaillais à ce portrait, j'ai été obligé de céder au lutin qui me tyrannisait pour corriger cette ébauche. (Ils la regardent ensemble.) L'église est dédiée à saint Paul et je devrai reproduire les principaux traits de la vie de ce grand apôtre. Les matières seront abondantes, comme tu vois. Mon croquis représente saint Paul arrêté par le tribun à Jérusalem, et se défendant devant le peuple avant d'entrer en prison.

ARTHUR.

Ces personnages ne manquent pas de caractère; ils sont bien groupés... Cette foule est compacte sans confusion... Cette scène sera d'un puissant effet... Ne trouves-tu pas que celui-ci est drapé d'une manière un peu prétentieuse?

HECTOR.

Je suis de ton avis...

ARTHUR.

Et ton Alonso? Il est toujours ton digne élève et
ami.

HECTOR.

Oui, oh! oui!... Nous sommes ici comme deux tour-
terelles ; et, depuis quelques jours qu'il est absent, il
me semble qu'on m'a arraché à moi-même.

ARTHUR.

Comment absent?

HECTOR.

Oui, c'est toute une histoire... Mademoiselle Fleuron l'a présenté à une dame, cette dame l'a présenté
à une autre dame qui l'a fait inviter chez je ne sais
qui à la campagne. Bref, depuis quelques jours il est
absent, et même je suis étonné qu'il ne soit pas encore
revenu... (Il s'interrompt brusquement.) Ah! ah! mauvaise
tête d'artiste! (Il regarde sa montre.)

ARTHUR.

Quoi! qu'as-tu donc?

HECTOR, avec agitation.

Brrr... nous sommes toujours comme ça, nous autres, artistes; quand nous sommes au milieu de notre art, nous sommes comme des fous, nous ne pensons plus à rien... J'avais un rendez-vous chez madame de la Bastéride, l'heure est déjà passée... Pardon, cher ami, pardon.

ARTHUR.

Elle est revenue de la campagne (il cherche son chapeau), et elle t'attend... Oh! adieu, je pars.

HECTOR.

Je t'irai voir demain matin, le plus tôt que je pourrai.

ARTHUR.

Tu me feras plaisir, adieu. (Il sort.)

SCÈNE II.

HECTOR.

Je suis un homme perdu ! (Il sonne François.)

FRANÇOIS annonce un conseiller municipal de la commune de Saint-Léger.

HECTOR.

Un conseiller municipal! qu'est-ce que cela? Allez vite me chercher une voiture... je vais sortir, je suis très-pressé, je ne reçois pas.

SCÈNE III.

HECTOR, LE CONSEILLER.

LE CONSEILLER, avant d'entrer.

Monsieur va sortir, alors nous sortirons ensemble (il entre); j'ai à lui parler de choses importantes.

HECTOR.

Monsieur, je suis désolé, je suis obligé de sortir immédiatement, j'ai un rendez-vous, je suis déjà en retard.

LE CONSEILLER.

Mais, monsieur, puisque vous sortez, nous sortirons ensemble et nous parlerons en route.

HECTOR, à part.

Je ne pourrai pas m'en débarrasser! (haut) Monsieur, ayez la bonté de me donner votre nom, votre domicile, et j'irai vous voir...

LE CONSEILLER.

Monsieur, vous avez bien deux minutes à m'accorder, je n'en demande pas davantage.

HECTOR.

Monsieur, je vous écoute, mais je suis très-pressé.

LE CONSEILLER.

Je vous ai dit que deux minutes me suffisent... Je
suis conseiller de la commune de Saint-Léger... Je
viens vous trouver au sujet des peintures qui ont été
confiées à votre étude intelligente et raisonnée, et je
crois que, venant vous parler d'une affaire de cette importance, je puis bien ne pas être trop rudoyé. (Il
s'assied.)

HECTOR, debout, à part.

Et puis le voilà qui s'installe chez moi !

LE CONSEILLER.

M. le curé a eu un entretien avec vous.

HECTOR, debout.

Oui, monsieur.

LE CONSEILLER.

Eh bien! monsieur, c'est moi qui suis l'homme
agissant en cette affaire; j'ai la plus grande influence
sur le conseil; c'est moi qui l'ai décidé à s'adresser à
vous, et il me semble que vous me devez quelque reconnaissance pour un service de cette espèce.

HECTOR.

Monsieur, cela est incontestable.

LE CONSEILLER.

Vous devez, monsieur, vous entendre avec moi,

4

avec moi personnellement et prendre mes idées. (Il tousse et se mouche.)

HECTOR, à part.

Ses idées! Puissé-je les lui arracher toutes d'un seul coup et qu'il me laisse tranquille !

LE CONSEILLER.

Quand pensez-vous commencer ce travail?

HECTOR.

J'y ai déjà réfléchi, j'ai même commencé un croquis.

LE CONSEILLER.

Déjà, déjà! c'est bien, jeune homme, vous avez de l'activité dans le travail, vous réussirez; je vous prends sous ma protection ; je vais vous laisser ma carte, vous m'écrirez quand tous vos croquis seront avancés... Et je ne craindrai pas de faire le voyage de Paris pour vous aider de mes conseils et de mon expérience... Oh! je connais ma commune, je sais ce qu'il lui faut : je suis depuis vingt ans son représentant au conseil, et tous s'inclinent respectueusement devant mes décisions... Tous les maires qui se sont succédé depuis vingt ans n'ont été que les mannequins administratifs, mais c'était moi qui étais le maire véritable. Et présentement, nous avons pour maire un illustre baron. Vous comprenez qu'il ne

peut pas s'abaisser à tous ces menus détails d'admi-
nistration, c'est sur moi qu'il se repose, c'est moi
qui corresponds avec lui, et par mon intermédiaire il
correspond avec ses administrés... Ainsi donc, monsieur, ma protection vous étant acquise, vous paraî-
trez dans ma commune comme un vrai triomphateur.
Je tenais à m'assurer par moi-même que vous êtes
l'homme de travail et d'énergie qu'il nous faut, je vois
avec plaisir que les renseignements recueillis sur votre
compte sont exacts. Il ne vous reste plus qu'à me pro-
duire un spécimen de votre talent... (Il s'arrête attendant
une réponse. Hector ne répondant pas, il continue.) Vous allez
sortir, j'attendrai le jour où vous pourrez me montrer
un travail plus complet, plus étudié. (Il se lève.) J'aperçois bien d'ici quelques toiles, mais une toile, ça n'est
plus comme la peinture murale... Ah! la peinture
murale! voilà le champ sans limite sur lequel se dé-
ploieront toujours tous les grands talents!... Quand
vous viendrez chez moi, je vous ferai visiter mon
cabinet... J'ai de belles choses... Deux Rembrandt,
— deux portraits, — deux têtes de vieillard superbes.
Que pensez-vous de Rembrandt?

HECTOR.

C'était un grand peintre, malgré ses défauts.

LE CONSEILLER.

Ses défauts!... ses défauts étaient bien rachetés par

ses qualités!... Quelle puissance et en même temps quelle douceur. Ah! quel génie! Nous n'en voyons plus comme cela... J'ai bien aussi un dessin à la plume de Louis Carrache, mais l'authenticité en est plus contestable... Et puis des objets antiques, des manuscrits, etc., etc. Oh! quand vous viendrez, je vous ferai voir tout cela, et j'espère que nous nous entendrons bien ensemble. (Il lui frappe sur l'épaule d'un air de protection.)

HECTOR.

Monsieur, je le désire ardemment.

LE CONSEILLER, avec un air de bonté mystérieuse.

Et puis, après vous avoir montré mon cabinet, je pourrais bien vous montrer autre chose... Ah! nous avons de jolies filles dans les environs... je vous parle ainsi, parce que je sais que vous êtes un brave jeune homme, je sais cela, moi.

HECTOR.

Monsieur, vous êtes très-bon, mais...

LE CONSEILLER.

Mais... vous ne voulez pas vous marier?

HECTOR.

Au contraire, monsieur, je le veux beaucoup, et c'est

précisément parce que je le veux, que je vous ai si mal reçu.

LE CONSEILLER.

Vous m'avez bien reçu; je suis indulgent, je sais bien que les jeunes gens, les peintres surtout, sont un peu vifs. Mais comment vos désirs de mariage...

HECTOR.

Monsieur, lorsque vous êtes entré, je sortais pour un rendez-vous.

LE CONSEILLER.

Ah! c'est cela, nous parlerons davantage une autre fois, je pars, mais je suis resté si peu, votre rendez-vous n'en aura pas souffert.

HECTOR.

Ah! je crains bien...

LE CONSEILLER.

Les amoureux sont comme ça, ils craignent toujours... Allons, quand vous m'écrirez je viendrai exprès à Paris, non pour corriger vos croquis qui n'auront pas besoin de corrections, mais pour y apposer mon approbation, je tiens à vous éviter un voyage inutile, et, mon approbation étant indispensable, je ne veux pas que vous entrepreniez ce voyage sans que vos croquis en soient revêtus, elle leur ser-

4.

vira de passe-port devant le conseil. Ah! il faut absolument qu'il visite vos croquis et qu'il les accepte;
nous voulons savoir ce qu'on nous donne pour notre
argent; nous avons reçu précédemment une assez
bonne leçon pour agir de la sorte. Il y a quelques
années, nous avons fait restaurer notre église; sans
moi, l'architecte ne faisait que des maladresses; il ne
savait pas même voir que notre église a été construite
au quinzième siècle. Il y avait des clochetons à peu
près détruits par le temps, auxquels il fallait mettre
des choux frisés... Ce niais d'architecte n'y mettait-il
pas des ornements d'une époque antérieure au quinzième siècle! et encore pas même cela, des choses
sans nom!

HECTOR, avec une respectueuse ironie.

De sorte que, sans vous, la paroisse perdait d'un seul
coup tous ses choux frisés!

LE CONSEILLER.

Précisément!... de quel vandalisme j'ai sauvé notre
église, et quelle honte j'ai épargnée à ce pauvre architecte! Mais a-t-il fallu me donner de la peine pour
triompher de son obstination aussi orgueilleuse qu'i-
gnorante! J'ai fait à cette époque un travail surhu-
main. Je recevais toutes les publications architectu-
rales, et *le Moniteur des Architectes*, et *les Annales
archéologiques*, et *la Revue*, et *l'Encyclopédie*, et *le*

Dictionnaire (que je reçois encore), etc., etc. Tous
les habitants, tous les étrangers, tous les voyageurs,
tous les visiteurs auxquels je faisais part de mes luttes,
applaudissaient à mon énergie. A la fin l'architecte
céda ; il finit par comprendre son bonheur.

HECTOR, à part.

Je crains bien que le même bonheur ne me soit
réservé ; mais quand donc aurai-je celui de le voir
partir ?

LE CONSEILLER.

Ah ! pauvre jeune homme, vous vous impatientez,
je ne faisais pas attention que le temps passe. C'est
l'amour de l'art qui m'emportait... Ah ! voyez, je
suis artiste ! Mais je pars, je pars, je vous souhaite
bon courage et bonne réussite de tous les côtés... Et
puis comptez sur moi dans les moments difficiles.

HECTOR.

Monsieur, je vous remercie. (Le conseiller sort.)

SCÈNE IV.

HECTOR, FRANÇOIS.

HECTOR.

Ouf! le voilà donc parti! quel importun! que va

dire madame de la Bastéride? (Il sonne François). Où sont
mes gants?... Il faudra que j'achète une horloge
monstre que je placerai ici,... une horloge de chemin
de fer, un cadran d'un mètre,... et encore, munie
d'un réveil, que je monterai lorsque j'aurai un rendez-
vous... Alors peut-être n'oublierai-je pas l'heure...
(François entre). Je n'attends plus personne, époussetez
mon cabinet, et vous viendrez ensuite me rejoindre
chez madame de la Bastéride. La voiture m'attend?

FRANÇOIS.

Oui, monsieur.

HECTOR.

Mettez un peu d'ordre ici;... placez ces chevalets,
ces tables où je les mets ordinairement. (Il part.)

FRANÇOIS.

Encore sa dame de la Bastéride? Je croyais qu'il
n'y pensait plus... Son atelier est aujourd'hui dans
un désordre comme je n'en ai jamais vu... Poussons
d'abord ce chevalet,... et puis cette table dans ce
coin... Mais voici un nouveau dessin... (Il regarde le croquis représentant saint Paul.) Monsieur travaille bien,... ça
fait de l'effet... A force de regarder, je finirai par
devenir un peu peintre, moi aussi... Si mes anciens
compagnons de mon village d'Auvergne venaient par
ici, et s'ils me voyaient changé comme je suis main-

tenant, ils ne reconnaîtraient plus leur François...
Ah!... ces fauteuils ici... Voilà enfin un peu d'ordre
qui reparaît, maintenant je puis épousseter... (On
sonne.) Ah! je n'ai pas le temps d'ouvrir, monsieur n'y
est pas et n'attend personne, sonnez tant que vous
voudrez... Je vais sortir, vous venez dans un mauvais moment... (On sonne encore.) Encore! Sonnez,
sonnez si cela vous amuse, je ne me dérangerai pas.
(Il fredonne.) La besogne avance... (On sonne une troisième
fois.) On sonne toujours, voilà de la persistance. Nous
verrons bien qui sera las le premier; moi, je vous dis
que je n'irai pas ouvrir. Monsieur n'attend personne,
et je ne veux pas me déranger pour quelque solici-
teur comme il lui en arrive à tout instant. Au lieu de
congédier tout ce monde-là, il les reçoit tous, donne
à l'un ceci, à l'autre cela. Il aurait les mines du
Pérou à sa disposition, qu'il les épuiserait. Ce n'est
pas ainsi qu'on fait ses affaires. (On sonne une quatrième
fois.) Ah! c'est trop d'audace; eh bien, je ne veux pas
me déranger; mais, si vous me forcez à descendre,
vous recevrez une volée que vous n'oublierez pas.
Les Auvergnats sont bons enfants, mais il ne faut pas
trop les agacer, ou malheur à l'audacieux... Il y a
encore ce chevalet qu'il a l'habitude de placer dans
ce cabinet borgne, et cette planche aussi. Je vais y
porter cela... (Pendant qu'il y est, mademoiselle Fleuron entre
dans l'atelier.)

SCÈNE V.

MADEMOISELLE FLEURON, FRANÇOIS.

MADEMOISELLE FLEURON.

C'est bien, mes indications étaient exactes, ils sont partis tous deux, alors je suis à mon aise. (François rentre dans l'atelier.)

FRANÇOIS.

Mademoiselle Fleuron!

MADEMOISELLE FLEURON.

François!... comment vous êtes ici! et puis c'est comme cela que vous faites votre service!... Je sonne depuis un quart d'heure, et vous ne m'ouvrez pas!... Et puis vous laissez la porte de la maison ouverte!

FRANÇOIS.

Mais, puisqu'elle était ouverte, il était inutile de carillonner; pourquoi mademoiselle n'est-elle pas entrée plus tôt?

MADEMOISELLE FLEURON.

Suis-je capable de m'introduire dans une maison comme un voleur? C'était à vous de m'ouvrir, et, quand j'ai vu que vous ne veniez pas, j'ai pu craindre que

de véritables voleurs n'eussent pénétré chez M. Desviris en votre absence ; dès lors le dévouement que
j'ai pour lui me faisait un devoir d'en expulser les
malfaiteurs, et, quand je vous ai entendu derrière
moi, je ne sais pas comment j'ai pu me dominer assez
pour ne pas crier au secours.

FRANÇOIS.

Je n'y comprends rien ; la porte ouverte !

MADEMOISELLE FLEURON.

Vous êtes un mauvais domestique, vous êtes indigne
de la confiance de M. Desviris, et, au lieu d'être honteux de votre négligence, vous aggravez vos torts en
me recevant avec une impolitesse impardonnable ! Je
ferai connaître tout cela à M. Desviris, et je me charge
de vous faire renvoyer.

FRANÇOIS.

Mademoiselle, excusez-moi, excusez-moi, mademoiselle, votre présence a été si subite, si inattendue,
que j'en ai un peu perdu la tête... Je ne devais pas
croire que la porte fût ouverte, c'est Monsieur qui est
sorti le dernier.

MADEMOISELLE FLEURON.

Ah ! M. Desviris vient de sortir ? C'est désolant !
J'avais à lui parler d'une affaire très-importante, ce
soir même.

FRANÇOIS.

Monsieur sera absent toute la soirée, mais je le
verrai, et si mademoiselle le désire...

MADEMOISELLE FLEURON.

Il faut que je lui parle moi-même... Que faire?...
C'est très-embarrassant... Mais puisque vous le verrez,
je vous donnerai une lettre, dans laquelle je le prierai
de venir me voir demain matin... Oui, c'est cela, je
vais lui écrire... Il me faudra de la réflexion, et de la
tranquillité, vous m'avez tellement bouleversée!

FRANÇOIS.

J'espère que Mademoiselle sera assez bonne pour
m'excuser. Oh! mademoiselle, je vous en supplie!...
Et puis, si la porte était ouverte, je n'en suis vraiment pas responsable. C'est Monsieur qui vient de
sortir très-précipitamment... il n'aura pas fait attention, il était si pressé.

MADEMOISELLE FLEURON.

Il était pressé,... alors la chose s'explique, de ce côté
vous êtes sans reproche, c'est bien, mais il reste toujours votre impolitesse... Enfin, n'importe, vous
savez que je suis bonne, vous faites appel à ma
bonté, vous en ressentirez les effets. J'oublierai tout
pourvu que vous fassiez ce que je vais vous
dire.

FRANÇOIS.

Ah! merci, mademoiselle, merci! Que faut-il faire?

MADEMOISELLE FLEURON.

Allez d'abord acheter du papier à lettre... Ensuite... nous verrons ensuite... Allez d'abord,... et pour que vous soyez bien convaincu que je vous pardonne, voilà pour payer le papier à lettre et vos peines. (Elle lui remet de l'argent.)

FRANÇOIS.

Mademoiselle, vous me guérissez, j'ai été bien ennuyé pendant un instant.

MADEMOISELLE FLEURON.

Achetez-vous souvent du papier à lettre?

FRANÇOIS.

Jamais, mademoiselle, c'est le papetier de Monsieur qui le lui apporte toujours.

MADEMOISELLE FLEURON.

Je le veux bon; allez, s'il le faut, chez plusieurs papetiers, et prenez le plus cher; cependant ne restez pas trop longtemps, n'allez pas me faire attendre une heure.

FRANÇOIS.

Je pense qu'un quart d'heure me suffira.

5

MADEMOISELLE FLEURON.

Un quart d'heure soit, je me reposerai ; j'ai besoin
de repos... Monsieur Alonso est-il revenu ?

FRANÇOIS.

Non, mademoiselle.

MADEMOISELLE FLEURON.

Ah ! tant pis!...

(François sort).

SCÈNE VI

MADEMOISELLE FLEURON.

Je ne me suis jamais trouvée dans une difficulté
semblable. Tout s'était conjuré contre moi... Comment se fait-il que M. Desviris soit parti si tard? Et
quel caprice a passé par la tête de ce François? pourquoi ne m'a-t-il pas ouvert?... Voyons, j'ai enfin
réussi à l'éloigner, j'ai un quart d'heure à moi; il
s'agit d'en bien profiter. (Elle tire une clef de sa poche.)
Voici donc la clef qui, après m'avoir si souvent rendu
des services, a failli me perdre cette fois... Aux autres
maintenant. (Elle tire de sa poche deux autres clefs; elle essaye
d'ouvrir le tiroir d'une grande table à dessin.) Cette clef n'ouvre plus! Aurait-il changé de serrurier? Le mien m'au-

rait bien prévenue s'il avait enlevé une serrure pour
la remplacer par une autre. Je saurai cela... Passons
au secrétaire. (Elle trouve une carte de visite sur le secrétaire.)
Quelle est cette carte? (Elle lit.) *J.-Baptiste, conseiller
municipal de la commune de Saint-Léger*. Qu'est-ce
que cela signifie? comment un conseiller de la commune de Saint-Léger se trouve-t-il ici? (Elle ouvre le secrétaire.) Vite un timbre de Montbrison. (Elle cherche parmi
plusieurs lettres.) Suis-je heureuse d'avoir obtenu du fac-
teur qu'il me rende ces petits services!... Il hésitait;
il avait peur de se compromettre!... Il ne viole pas
le secret des lettres, en m'annonçant qu'il porte à
M. Desviris une lettre venant de tel endroit.., (Elle
trouve une carte de visite qu'elle regarde aussi.) Le curé de la
commune de Saint-Léger! Un conseiller et le curé
viennent le voir! Il y a quelque chose là-dessous. Je
saurai bien ce que cela signifie. (Elle cherche parmi plusieurs lettres, regardant les timbres de la poste.) Montbrison...
Montbrison... Ah! le voici!... (Elle ouvre la lettre.)

« Cher ami... tu as donc du temps pour tout le
monde, excepté pour moi? J'ai su que tu es allé voir
de Charmillon et notre petit Lili. » (Elle s'interrompt.)
Moi je ne savais pas cela. Quand donc?... Et qu'est-ce
que ce petit Lili? surnom d'atelier sans doute. Son de
Charmillon, il a beau l'aller voir, celui-là ne fera
rien; mais ce petit Lili, je voudrais bien savoir de

quoi il est capable. (Elle continue.) « Avec un peu de
zèle tu aurais bien pu, sans trop te détourner, venir
voir un pauvre ermite qui te désire et t'aime toujours
beaucoup. Ma femme serait aussi fort heureuse de te
recevoir. Si tes Parisiennes te plaisent tant, prends-en
donc une bien vite, et viens nous voir avec elle; sinon, viens tout de même. Mais, crois-moi, toutes tes
Parisiennes ne vaudront jamais nos bonnes provinciales.

« Ton ami dévoué. »

Ses bonnes provinciales!... C'est bien ce qu'on
me disait. En voilà encore un qui veut le marier. Ah!
si jamais je l'ai pour mari, je pourrai dire que je l'ai
bien gagné. Allons, il faudra aussi surveiller de ce
côté-là, et peut-être agir... Et puis je crois qu'il sera
bon de frapper au plus tôt le grand coup. Jusqu'à
présent c'eût été impossible, il n'était pas assez connu,
mais depuis quelque temps son nom devient glorieux,
on se dispute ses œuvres... Il est temps. Il est si bien
le mari qu'il me faut. Quel feu! quelle séve! quelle
intelligence!.. Et puis celui là au moins est franc et
loyal. Les jeunes gens sont ordinairement si fourbes
et si trompeurs. Peut-on jamais s'en rapporter à leur
parole? Aussi n'est-ce pas légèrement que je lui ai
donné ma confiance et mon amour... Il ne reste plus
qu'une question sur laquelle je voudrais l'examiner

encore. Est-il courageux? Après tout, mon immense
fortune et la considération dont je jouis me donnent
bien le droit de le soumettre à toutes les épreuves,
avant de lui accorder l'honneur de mes préférences.
D'abord, a-t-il le courage d'artiste, un vrai courage
que des difficultés sérieuses ne puissent pas ébranler?
Avec des amis, avec moi, il défend ses opinions avec
chaleur; mais en présence du public serait-il le
même?... Je voudrais trouver l'occasion de l'éprouver
encore là-dessus... Ne pourrais-je pas lui susciter
quelques difficultés pour lui donner le moyen de briller d'un nouvel éclat,... et lui fournir un nouveau droit
à mon amour?... Et puis enfin, a-t-il un courage
d'homme? Qu'est-ce qu'un homme qui tremble au
moindre danger?... A quel danger — chimérique
bien entendu — pourrais-je l'exposer?... Et que sais-
je? Quatre ou cinq hommes à l'air féroce armés de
poignards, de pistolets, de vrais brigands italiens,
l'abordant au milieu d'un bois... Malheureusement de
telles expéditions ne sont pas sans difficulté... (Elle
s'arrête un instant, et réfléchit tout absorbée dans sa préoccu-
pation.) Bah! ces épreuves ne seront pas nécessaires...
L'ai-je jamais vu accessible à la crainte? Pourquoi
attendre davantage?... Il faut que je me hâte, je ne
pourrais pas plus longtemps contenir ce torrent d'en-
thousiasme qui pousse tous les cœurs vers lui...
Oui! oui!... le moment d'agir est venu! ouvrons la

grande lutte, lançons nos guerriers, terrassons nos rivales, et montons au capitole de l'hymen en les traînant à notre char de triomphe!... (On sonne.) Où suis-je?... que fais-je ici? ai-je perdu le sens? Tous ces papiers en désordre, ce secrétaire ouvert!... (On appelle François.) C'est la voix d'Alonso, je suis perdue cette fois. (Elle se hâte de replacer les lettres comme elle les a trouvées et de refermer le secrétaire. Alonso entre avant qu'elle ait eu le temps de le fermer à clef.) Le voilà déjà !

SCÈNE VII

MADEMOISELLE FLEURON, ALONSO.

ALONSO entrant.

Il n'y a donc personne?

MADEMOISELLE FLEURON retrouvant immédiatement son sang-froid habituel.

Je suis seule pour vous recevoir; M. Desviris sera absent toute la soirée, et votre domestique est allé m'acheter du papier à lettre. Je veux écrire à M. Desviris, à qui je dois faire une communication très-pressée... Êtes-vous satisfait de l'invitation que je vous ai obtenue?

ALONSO.

Mademoiselle, je vous dois mille remercîments;

j'ai été reçu avec la plus grande courtoisie, j'ai passé plusieurs jours avec une société très-agréable, nous avons fait des promenades et des chasses magnifiques. Vous m'avez servi à souhait; vous savez que les bals de l'hiver ne me plaisent pas, et vous profitez de l'été pour m'offrir des dédommagements. Je n'ai pas oublié l'invitation du même genre que vous m'avez procurée il y a un mois.

MADEMOISELLE FLEURON.

Vous aviez plu si fort aux personnes qui vous avaient reçu, que j'étais bien encouragée à vous procurer une deuxième fois le même plaisir. Mais, dites-moi, savez-vous où en est l'affaire de M. Desviris? Depuis si longtemps elle semble tout à fait arrêtée. Comment donc se fait-il qu'il ne se marie pas encore?

ALONSO.

Vous savez, mademoiselle, que je ne l'ai pas vu depuis plusieurs jours; il est possible qu'elle ait avancé pendant son absence.

MADEMOISELLE FLEURON.

Mais ce mariage paraissait toucher à sa conclusion?

ALONSO.

J'ai tout lieu de croire qu'il ne le retardera pas sans utilité.

MADEMOISELLE FLEURON.

Madame de la Bastéride a l'air de lui être très-affectionnée, mais cependant je suppose qu'il ne faudrait pas lasser sa patience.

ALONSO.

Madame de la Bastéride laisserait-elle comprendre que sa patience est mise à l'épreuve ?

MADEMOISELLE FLEURON.

Je ne connais pas assez madame de la Bastéride pour qu'elle me confie ses secrets.

ALONSO.

Je crois qu'Hector a eu pendant quelques jours un concurrent assez redoutable, un jeune homme noble des environs de Blois, disait on.

MADEMOISELLE FLEURON.

Ah! vous avez sans doute entendu parler de cela dans vos courses, vos chasses? Que disait-on de ce mariage?

ALONSO.

Certaines personnes paraissaient croire que le concurrent d'Hector aurait mieux convenu que lui à cause de sa naissance.

MADEMOISELLE FLEURON.

Ceux qui disaient cela ne connaissaient pas le mérite de votre ami.

ALONSO.

Puisqu'il a été préféré, il est évident qu'on lui a re-
connu un mérite d'une supériorité incontestable...
On doit sans doute admettre que son ancien concurrent est incapable de faillir à l'honneur.

MADEMOISELLE FLEURON.

Mais pourquoi n'admettrait-on pas cela? Avez-
vous entendu émettre des doutes sur son honora-
bilité?

ALONSO.

Nullement, mademoiselle; mais je pensais que vous
le connaissiez, et j'aurais été bien aise d'avoir votre
opinion personnelle sur son compte.

MADEMOISELLE FLEURON.

Ah! (A part.) Où veut-il en venir avec toutes ces
questions?... (Haut.) Cher monsieur Alonso, moi, je
serais bien aise de savoir

Quel sujet inconnu vous trouble et vous altère,
D'où vous vient aujourd'hui cet air sombre et sévère,
Et ce visage enfin plus pâle qu'un rentier
A l'aspect d'un arrêt qui retranche un quartier.

ALONSO.

Vous avez raison, mademoiselle; que Boileau inter-
pose son autorité pour mettre un terme à notre duel,

5.

dans lequel tous les torts sont de mon côté... Mais je
désirerais bien qu'une deuxième autorité vînt aussi
s'interposer entre nous.

MADEMOISELLE FLEURON.

Laquelle?

ALONSO.

Celle d'Hector.

MADEMOISELLE FLEURON.

Moi aussi. Cela m'éviterait de lui écrire, et me per-
mettrait de m'expliquer avec lui ce soir même. Mais il
ne faut pas y compter, si j'en juge d'après ce que m'a
dit François.

ALONSO.

A propos, vous attendez du papier à lettre, et je
ne vais pas vous en chercher! J'y cours, mademoiselle.

MADEMOISELLE FLEURON.

Dans votre chambre? à quoi bon? Descendre, remonter ;... je peux bien attendre François.

ALONSO.

Et moi, je puis bien descendre et remonter. (Il sort
avec empressement.)

SCÈNE VIII

MADEMOISELLE FLEURON.

Alors, vite le secrétaire... Étais-je inquiète ! (Elle le

ferme à clef.) Ah! me voici donc tirée d'embarras!...
Maintenant, il s'agira de bâtir cette lettre. Que vais-je
lui dire? J'ai parlé d'une affaire importante; il faut
que je la trouve... Mais le meilleur est que je revienne
à ma première idée... Je lui écrirai de venir me parler demain, de bonne heure, pour que l'affaire pa-
raisse plus importante, et jusqu'à demain j'aurai le
temps de réfléchir, et peut-être de faire naître cette
affaire importante... Oui, c'est cela.

SCÈNE IX

ALONSO, MADEMOISELLE FLEURON, FRANÇOIS.

FRANÇOIS. Il dépose une lettre sur la table à dessin.

Mademoiselle, voici le papier. Je suis allé chez trois
papetiers; ils le vendent tous le même prix. (Alonso
entre.) Ah! monsieur Alonso! Monsieur revient bien
portant? (Mademoiselle Fleuron commence sa lettre.)

ALONSO.

Très-bien.. (Il prend François à part.) Hector sera absent
toute la soirée?

FRANÇOIS.

Oui, monsieur; il est allé chez madame de la Bastéride, et il m'avait donné l'ordre d'y aller moi-même,

dès que j'aurais épousseté son cabinet; mais l'arrivée de mademoiselle Fleuron...

ALONSO, l'interrompant.

Vous allez partir, je lui écrirai deux mots que vous lui remettrez le plus tôt possible.

FRANÇOIS.

Oui, monsieur. (Alonso écrit.)

MADEMOISELLE FLEURON.

François, voici ma lettre. (Elle se lève et le prend à part; elle lui donne une pièce de monnaie.) Voici pour votre deuxième travail, afin de vous bien prouver que vous êtes pardonné. Mais je n'ai pas besoin de vous re- commander, dans votre intérêt, de garder un silence absolu sur tout ce qui s'est passé; car, si M. Des- viris me demandait quelque explication, je serais obligée de dire toute la vérité; je ne sais pas mentir.

FRANÇOIS.

Oui, mademoiselle, je vous remercie. (A part.) Il est tout de même bien étonnant que Monsieur ait laissé la porte ouverte; je n'y comprends rien.

ALONSO.

Ma lettre est terminée; je vais vous la donner, et vous la porterez immédiatement avec celle de made- moiselle Fleuron.

FRANÇOIS.

Il y a bien encore là une autre lettre qu'un domestique m'a remise tout à l'heure lorsque je sortais. (On sonne.)

ALONSO.

Vous la porterez en même temps. (Il plie sa lettre; François va ouvrir.)

MADEMOISELLE FLEURON.

Cher monsieur Alonso, je regrette beaucoup de n'avoir pas rencontré M. Desviris; je n'en suis consolée que par le plaisir d'avoir pu vous procurer quelques jours de distraction.

ALONSO.

Mademoiselle, je vous prie d'en agréer de nouveau mes bien sincères remercîments.

MADEMOISELLE FLEURON.

Adieu, cher monsieur Alonso.

ALONSO.

Mademoiselle, j'ai l'honneur de vous saluer. (Elle part.)

FRANÇOIS.

On désire parler à Monsieur.

ALONSO.

Faites entrer.

SCÈNE X

ALONSO, UN AMI DE M. DESVIRIS.

L'AMI.

Monsieur, j'espérais rencontrer M. Desviris; je
désirais lui parler; mais, le domestique m'ayant dit
que vous seriez assez bon pour me recevoir à sa place,
je me suis décidé à venir vous faire les confidences
que j'avais à lui communiquer. Je sais que l'intimité
qui vous unit est la plus parfaite qui se puisse voir,
que votre discrétion est complète; je pense qu'il n'y a
aucun inconvénient à ce que j'emploie votre intermédiaire pour les faire parvenir à M. Desviris, si toutefois vous voulez bien vous en charger.

ALONSO.

M. Desviris aura connaissance ce soir même de ce
que vous avez à lui dire.

L'AMI.

J'ai appris que M. Desviris a demandé et obtenu la
main de mademoiselle de la Bastéride. Il paraît même
qu'il pressse pour la conclusion du mariage. Je crois
qu'il se fait illusion, et je viens, comme ami, le prier
d'abandonner ce qu'il poursuit avec tant de persévé-

rance. Je sais d'une manière positive que mademoiselle de la Bastéride est indigne de lui.

ALONSO.

Monsieur, puisque telles sont les communications
que vous avez à faire à mon ami, je suis très-heureux
de vous avoir reçu à sa place; il est intimement convaincu que mademoiselle de la Bastéride est une personne de grand mérite, et une affirmation de la gravité de celle que vous venez de formuler lui aurait
fait le plus grand mal... Je me plais à admettre que
vous avez été trompé vous-même, monsieur; ne pour-
rait-on pas craindre que la jalousie de quelque concurrent déçu ne soit intervenue en secret et n'ait
répandu les bruits plus ou moins scandaleux qui sont
parvenus à vos oreilles?

L'AMI.

Monsieur, ce que je sais n'est pas un bruit; c'est,
au contraire, un fait très-caché et que je vous cache-
rais à vous-même, si je ne savais pas que, tout jeune
que vous êtes, vous pouvez porter un secret, même le
plus périlleux.

ALONSO.

Vous m'effrayez, monsieur; de quoi donc s'agit-il?

L'AMI.

Il s'agit d'un événement très-grave, et il n'est pas

douteux pour moi : je connais le jeune homme qui en
est le misérable héros... quant à la victime, vous la
devinez !

ALONSO.

Cette nouvelle serait un coup de foudre pour
M. Desviris... Monsieur, je vous en prie, examinons
et voyons s'il n'y a pas quelque erreur.

L'AMI.

Il y a quelques années, madame de la Bastéride
conduisait assez souvent sa fille au bal. Pendant l'hiver de l'an dernier, elles allèrent toutes deux au bal
de l'hôtel de ville. Là, mademoiselle de la Bastéride fit
connaissance d'un jeune homme qui serait venu aujourd'hui lui-même parler à M. Desviris, s'il l'avait
osé. Mais vous comprenez, monsieur, qu'on éprouve
une certaine répugnance à se faire son propre accu-
sateur. C'est pourquoi je suis venu à sa place. Depuis
cette époque, madame de la Bastéride n'a plus voulu
entendre parler de bals ; elle les a toujours condamnés
avec la dernière rigueur. Au commencement de l'été,
elle est allée en voyage avec sa fille. On les a vues à
des bains de mer qu'elles ne faisaient que traverser, à
des établissements d'eaux thermales qu'elles aban-
donnaient dès qu'elles y étaient arrivées, sur l'avis du
médecin, ou sous un prétexte quelconque ; bref, elles
ont laissé leur nom en cinq ou six endroits différents,

puis elles ont disparu d'une manière complète jusqu'au commencement de l'hiver, époque à laquelle
elles sont rentrées à Paris. Aux yeux du public, elles y
sont rentrées après avoir fait de longs et nombreux
voyages; mais, pour celui qui connaît ce qui s'est
passé... mademoiselle de la Bastéride y est rentrée...
avec le déshonneur!!!

ALONSO.

Monsieur, c'est vraiment incroyable! Le jeune
homme qui vous a confié ces honteux mystères sait
rès-bien qu'ils ne seront divulgués ni par vous ni
par M. Desviris... Par conséquent, il suffirait qu'il
eût quelque intérêt à répandre une calomnie pour que
l'on pût soupçonner la sincérité de son témoignage.

L'AMI.

Comment, monsieur, quelque intérêt à se calomnier
lui même! D'ailleurs, si le jeune homme que j'ai con-
senti à représenter auprès de vous a eu des torts très-
graves, il est incapable d'inventer une calomnie. En
me confiant de tels secrets, il a accompli un devoir
bien pénible, et le courage qu'il a montré en cette
circonstance est une noble expiation de la faute dont
il s'est rendu coupable.

ALONSO.

Monsieur, vous connaissez sans doute beaucoup de
jeunes gens à Paris?

L'AMI.

Oui, monsieur.

ALONSO.

En connnaissez-vous à Blois ou aux environs?

L'AMI.

Mais, monsieur, pourrais-je savoir pourquoi vous m'adressez de telles questions?

ALONSO.

Parce qu'elles peuvent m'aider à acquérir une conviction que je ne possède pas encore.

L'AMI.

En me chargeant de venir auprès de vous, j'ai accepté une mission qui m'était bien pesante. Maintenant, ma mission est accomplie, et le devoir du jeune homme coupable rempli : je n'ai pas un mot à ajouter à ce que j'ai dit; si M. Desviris veut passer outre, c'est son affaire. (Il se lève.) Monsieur, soyez assez bon pour exprimer à M. Desviris tout mon regret de ne l'avoir pas rencontré, et pour lui répéter ponctuellement toutes les révélations que je vous ai faites... Bonsoir, monsieur.

ALONSO.

Monsieur, j'ai l'honneur de vous saluer. (L'ami sort.)

SCÈNE XI

ALONSO.

Ah! cher Hector, quelle douleur t'attend! Mais
serait-ce vrai? C'est impossible... Cependant, il faut
convenir que voilà des accusations écrasantes, et qui
ont d'autant plus de poids qu'elles s'accordent tout à
fait avec ces phrases mystérieuses et entrecoupées que
j'entendais dans mes chasses. Alors, c'était du vague;
mais, maintenant, que peut-on imaginer de plus pré-
cis, de plus positif?... (Il sonne François.) Il faudra que je
m'entende avec Arthur avant de parler de tout cela à
Hector. (Il s'assied et rouvre la lettre qu'il avait écrite à Hector.)

SCÈNE XII

ALONSO, FRANÇOIS.

ALONSO.

Je vais ajouter deux mots à la lettre que j'envoie à
Hector, et vous partirez immédiatement après. (On
sonne.) Encore! On ne vous laissera donc pas sortir ce
soir. (François va ouvrir.) Pourquoi ce monsieur a-t-il
refusé de me dire s'il connaissait un jeune homme aux

environs de Blois? Comme il a détourné la question !
Donc elle l'embarrassait. Mes soupçons seraient-ils
fondés?..... Serait-ce ce concurrent qui inventerait
une calomnie? Si c'était cela, il serait le dernier des
scélérats... Et s'il était lui-même le coupable?... Mais
non ; il épouserait mademoiselle de la Bastéride... La
naissance, la famille, la fortune, tout s'accorderait, la
faute serait cachée, la fille réhabilitée... Donc il n'est
pas le coupable, s'il y en a un... Et s'il y en a un,
pourquoi n'épouse-t-il pas mademoiselle de la Bastéride? Serait-ce une question de naissance? Mademoiselle de la Bastéride, fière comme elle est, n'aurait-
elle pas regardé avec dédain un jeune homme qui
aurait été trop au-dessous d'elle? Et qui sait! Pourquoi l'orgueil et la bassesse ne se trouveraient-ils pas
réunis ensemble? Pauvre Hector! tout cela m'effraye
pour toi! (Il écrit.)

FRANÇOIS, rentrant.

Monsieur Renard désire beaucoup parler à Monsieur.

ALONSO.

Faites-le entrer... Dès qu'il sera parti vous viendrez
chercher la lettre.

FRANÇOIS.

Oui, Monsieur. (Il sort.)

SCÈNE XIII

ALONSO, M. RENARD.

M. RENARD.

Cher monsieur Alonso, je suis très-heureux de vous voir; mais j'aurais bien désiré voir aussi M. Desviris... savez-vous s'il rentrera bientôt?

ALONSO.

Vous voudrez bien permettre, monsieur, que je finisse ces quelques lignes, que je lui expédie en toute hâte. Il dîne chez madame de la Bastéride, et il y passera la soirée.

RENARD.

Comment! chez madame de la Bastéride! Elle ne dîne pas chez elle aujourd'hui... J'ai vu ma fille il y a deux heures, elle m'a dit que ces dames venaient de sortir et qu'elles dînaient ce soir dehors.

ALONSO.

Alors, François aura mal compris... J'ai été absent pendant plusieurs jours; je viens d'arriver, et je ne connais ce qu'Hector doit faire ce soir que par François.

RENARD.

Je suis bien certain qu'il ne dînera pas ce soir avec madame de la Bastéride ; après l'entretien que j'ai eu avec ma fille, et que je venais lui faire connaître. (Il s'interrompt et prête une oreille attentive à ce qui se passe hors de l'atelier.)

(On entend la voix d'Hector et d'Arthur qui entrent ensemble.)

Mais je crois l'entendre : vous voyez bien..... Il me tarde de savoir ce qu'il va nous dire.

SCÈNE XIV

LES MÊMES, HECTOR, ARTHUR.

HECTOR, entrant.

C'est convenu ; nous irons demain ensemble chez madame de la Bastéride. (A MM. Renard et Alonso.) Ah ! quelle heureuse surprise ! Elle arrive bien à propos pour faire diversion à ce que je viens d'apprendre.

RENARD.

Ce que vous venez d'apprendre, nous le savons déjà : madame de la Bastéride vous invite à dîner lorsqu'elle ne dîne pas chez elle.

HECTOR.

Comment ! que me dites vous ? C'est une nouvelle beaucoup plus triste : mademoiselle de la Bastéride ,

est indisposée assez gravement pour que je n'aie pu
voir ni elle ni sa mère.

RENARD.

Vous êtes bien bon de vous inquiéter si facilement...
Certaines personnes n'ont-elles pas toujours en réserve une indisposition grave ou légère suivant que le
besoin l'exige ?

ALONSO, à Hector.

François t'a remis deux lettres ?

HECTOR.

Oui ; il m'en a remis deux.

ALONSO.

L'une d'elles est de Mademoiselle Fleuron, je t'engage à lire l'autre dont je ne connais pas l'origine ;
il me tarde de savoir si elle a quelques rapports di-
rects ou indirects avec ta situation vis-à-vis de madame
de la Bastéride.

HECTOR, à M. Renard.

Alors, monsieur, vous permettez.

RENARD.

Certainement.

HECTOR, tirant les lettres de sa poche.

Je crois que madame et mademoiselle de la Basté-

ride agissent toujours avec moi très-franchement, et
je ne puis pas admettre qu'elles m'invitent à dîner,
uniquement pour avoir le bonheur de me faire dire
qu'elles sont malades lorsqu'elles ne le sont pas. (Il déchire l'enveloppe.)

RENARD.

En effet, c'est un médiocre bonheur; donc leur but
a été tout autre.

HECTOR, parcourant la lettre.

Eh bien, voici la confirmation de ce que je vous disais :... c'est une lettre de madame de la Bastéride...

(Il lit.)

« Cher monsieur,

« J'espérais vous recevoir aujourd'hui avec plusieurs
autres amis; mais une indisposition assez grave de ma
fille m'oblige de renvoyer mes invités à un autre jour.
J'aurais voulu faire une exception en votre faveur,
c'est pourquoi vous êtes prévenu le dernier et assez
tard. L'état de ma fille exige impérieusement qu'elle
ne voie personne aujourd'hui.

« Veuillez, etc... »

C'est exactement ce que le domestique m'a dit.

RENARD.

Cependant c'est complétement faux.

HECTOR.

Vous m'étonnez, monsieur, avec des affirmations si positives... Je suis arrivé trop tard chez madame de la Bastéride : aurait-elle été fâchée de voir l'heure qu'elle m'avait indiquée passée depuis longtemps?...

RENARD.

De combien de temps étiez vous en retard?

HECTOR.

D'une demi-heure.

RENARD.

Vous auriez pu arriver avant l'heure fixée et la réponse aurait été la même.

HECTOR.

Mais enfin qu'y a-t-il donc?

ARTHUR.

Qu'avez-vous appris, monsieur? Expliquez-nous ce mystère...

RENARD.

Voici cette explication... Ma fille que je n'avais pas vue depuis très-longtemps m'a écrit qu'elle venait

6

passer quelques jours à Paris avec madame de la Bastéride, me priant de l'aller voir. Je me suis empressé
de me rendre à son désir. Le domestique qui m'a ouvert a prétendu que j'arrivais dans un très-mauvais
moment, que madame de la Bastéride allait sortir avec
ma fille. Il est allé prendre les ordres de madame;
puis il est revenu me dire que ma fille était très-occu-
pée, et qu'elle sortirait avec madame de la Bastéride
dès que son travail serait terminé, que madame m'en-
gageait à revenir une autre fois... Comment! moi,
son père, qui ne l'ai pas vue depuis qu'elle est partie
pour la campagne! Quelque pressée qu'elle soit, elle
doit avoir au moins le temps d'embrasser son père.
Cependant je n'osai pas opposer de résistance, et je
me mis en faction aux abords de l'hôtel, bien résolu
de sauter sur l'équipage lorsqu'il sortirait. Je voulais
au moins voir passer Félicie... Après un instant d'attente, l'équipage sort en effet. Je m'élance, je vois
madame et mademoiselle de la Bastéride que je salue,
et un jeune homme que je ne connais pas, mais Félicie nullement.

HECTOR.

Et cette lettre, que signifie-t-elle donc?

RENARD.

Outré d'indignation, j'attends que l'équipage ait disparu; puis je sonne en maître à la porte de madame

de la Bastéride : « Je veux voir ma fille. — Monsieur, elle
vient de sortir avec madame. — Elle n'est pas sortie,
je veux la voir, on osera m'enlever le droit de voir
ma fille ! je la verrai ! » Et, en disant cela, je pousse le
domestique, j'entre, et je cours à la chambre de Félicie. Je la trouve seule et très-triste de ne pas me
voir : elle ignorait que je fusse déjà venu.

ARTHUR.

Quelle chose inouïe !

HECTOR.

C'est inexplicable !

RENARD.

Bien entendu, une fois parvenu auprès de Félicie,
je me suis amplement dédommagé d'un privation si
longue et si cruelle. Nous avons parlé comme des pies,
de toute espèce de choses... Et puis enfin nous avons
parlé de vous, monsieur Hector.. Ah ! j'en ai appris
de belles !

HECTOR.

Quoi donc ?

RENARD.

On se moque de vous ! Ce jeune homme que j'ai
rencontré dans la voiture est votre ancien concurrent
que vous pensiez effacé, qui s'était timidement retiré,

dès qu'il avait eu connaissance de vos démarches ;
il ne voulait pas vous porter préjudice... Eh bien ! ce
petit timide vient de passer huit jours à la campagne
chez madame de la Bastéride, se promenant et parlant tout à son aise avec mademoiselle votre fiancée
qui lui prodiguait toutes ses grâces.

HECTOR.

Voudriez-vous qu'elle l'eût mal reçu ?

RENARD.

Vous n'êtes pas enclin à la jalousie. Mais il y a plus
encore. Vous savez que madame de la Bastéride con-
damne les bals avec horreur. Elle n'y conduit jamais
sa fille ! Cependant une fois Félicie a surpris mademoiselle de la Bastéride et ce jeune homme, causant ensemble avec la plus grande animation sur les bals de
l'hôtel de ville, et mademoiselle de la Bastéride en
parlait comme une personne qui y a joué un certain
rôle.

HECTOR.

Mademoiselle votre fille s'est trompée : si mademoiselle de la Bastéride aimait les bals, pourquoi m'aurait-elle accepté, moi qui les déteste? N'aurait elle pas
préféré ce jeune homme de Blois ?

RENARD.

Mais précisément, elle le préfère, c'est lui-même

qu'elle veut. Vous êtes donc aveugle ? Ils viennent de
passer huit jours ensemble, ils reviennent ensemble,
ils sortent ensemble ; pour lui on se porte bien, pour
vous on est malade, et vous vous bercez encore
d'une illusion d'amour ! Pendant que vous vous aban-
donnez ici à votre joie franche et pure, vous ne voyez
pas que là-bas on vous enlève un cœur dont vous
vous croyiez le maître, pour le donner à un rival qui
a osé feindre une retraite magnanime ! Hâtz-vous
donc de briser les chaînes honteuses dont on vous a
chargé, et n'accordez pas plus longtemps à des gens
si indignes de vous l'honneur de vos hommages...
Pour moi qui ne suis pris dans aucun filet d'amour,
je retirerai Félicie demain sans plus tarder ; je ne veux
pas qu'elle conserve la moindre relation avec son hypocrite élève. C'est une ressource pécuniaire dont je
me priverai, mais je conserverai la ressource de l'honneur !

HECTOR.

Vous m'écrasez ! Puis-je l'abandonner, l'aimant
comme je l'aime ?

ALONSO.

Tâche de ne plus l'aimer, je t'en prie.

HECTOR.

Ah ! toi aussi !

ALONSO.

Tu pourrais en trouver une autre.

HECTOR.

Je n'en veux pas une autre. Elle m'a donné son
cœur, je le veux!... Et il m'appartient encore, je
n'aurai qu'à reparaître pour faire partir ce jeune
homme de Blois.

ALONSO.

Je t'en prie, ne t'en donne pas la peine; tu trou-
veras mieux ailleurs.

HECTOR.

Mais non, te dis-je, je ne le puis pas. Ah! quand
tu auras aimé, tu comprendras ce que c'est que la do-
nation du cœur. Je suis pris, soumis, subjugué, je ne
puis plus m'adresser à une autre. (Il s'assied très-abattu.)

ALONSO, à Arthur, à part.

Aidez-moi donc... j'ai appris des choses abomina-
bles... il faut absolument triompher de ses résistances.
(Ils continuent à parler à voix basse).

RENARD.

Je comprends que votre situation soit très-pénible;
mais enfin, si mademoiselle de la Bastéride ne mérite
pas vos préférences, pourquoi vous obstinez-vous?

HECTOR.

Je ne puis croire cela, je la trouverai telle que je
l'ai laissée ; il est impossible qu'elle m'ait trompé de
la sorte ; ce qui paraît obscur s'éclairera des lueurs
de la vérité, et ce cœur chéri n'en sera que plus beau,
plus aimable et plus aimé.

RENARD.

Illusion !

FRANÇOIS.

On apporte à Monsieur une lettre très-pressée.

HECTOR la prend, regarde l'adresse, et se lève avec transport.

O bonheur ! c'est l'écriture de madame de la Bastéride ! (Il déchire l'enveloppe.) Vous voyez, elle va réparer...

(Il lit).

« Monsieur,

« Je viens d'acquérir la preuve irrécusable de vos
procédés indignes ; ne pensez plus à ma fille. Toute
nouvelle tentative de votre part deviendrait inutile ;
l'entrée de ma maison vous est interdite pour toujours. » Ah ! soutenez-moi, j'étouffe !!! Des procédés indignes !... Mais lesquels ?... Monstruosité !...
Quel est l'auteur de cette atroce calomnie ?... Je succombe !!!

ARTHUR (le soutenant).

Cher ami, prends courage.

ALONSO.

Ne pense plus à elle, je te dis qu'elle ne le mérite
pas.

HECTOR.

Ah! je t'en conjure, épargne-moi!... J'irai demain
matin chez madame de la Bastéride; et, malade ou bien
portante (Arthur, Alonso et Renard parlent ensemble à voix
basse), il faudra qu'elle me parle... Je saurai bien forcer
la consigne, moi aussi... Elle comprendra mon innocence... et je reverrai sa fille... N'aurais-je que cette
consolation, elle me soulagerait! (Il s'assied accablé; puis,
après un instant de repos, il se lève brusquement). Moi à qui
elle avait donné son cœur, je la laisserais passer entre
les mains d'un autre! je pourrais voir ce rêve de félicité s'évanouir dans le réveil d'une réalité navrante!...
Oh! le sol s'échappe sous mes pas!... Quoi! pendant
que l'amour me torture ici, un autre prend en ce moment même possession de son cœur, il la serre dans
ses bras, il la couvre de ses baisers,... elle accepte ses
caresses, elle va m'oublier peut-être!!! et je suis en-
chaîné ici, je n'ai pas même le pouvoir de combattre!!! Mais viens donc, traître abominable, ose te
montrer en face; s'il te faut la guerre, sache la déclarer ouvertement, et ne te cache pas, vipère que tu

es, sous des fleurs embaumées, pour inoculer plus
sûrement le venin qui fait palpiter ton cœur!... Ah!
le misérable! l'infâme!!! Mais non, chère amie, tu
ne peux pas m'oublier, tu penses toujours à moi, et
à moi seul, tu repousses avec indignation les obsessions de ce scélérat; tu vois mon amour, comme d'ici
je vois le tien; tu es la victime innocente de la volonté
maternelle, mais tu ne céderas pas!... Ah! ne cède
pas, je t'en conjure!!!... Quelle perplexité! quelle
inquiétude! J'étouffe!!!

ARTHUR.

Hector, tu n'as jamais douté de notre amitié... Si
moi, dont tu connais le dévouement et la sincérité, je
venais te dire : Tu t'es fait sur mademoiselle de la
Bastéride l'illusion la plus grossière, elle est profondément indigne de toi!

HECTOR, avec impétuosité.

Je te répondrais que tu te trompes!

ARTHUR.

Eh bien! réponds-moi ce que tu voudras, mais je
t'affirme que nous avons les preuves de son déshonneur!

HECTOR, terrassé.

Comment, elle!!!... Les preuves!... Mais quelles
preuves?

ARTHUR.

Oui! les preuves!!!

HECTOR.

Décidément c'est donc vrai! Il faut bannir toute illusion! Oh! horreur incompréhensible!... Mon cœur
se brise, ma poitrine s'entr'ouvre, mes entrailles se
déchirent!!! je n'en puis plus, j'ai besoin de sortir;
laissez-moi, laissez-moi!!! (Il se dégage de leurs mains, et
sort en courant.)

RENARD.

Mais où va-t-il?

ARTHUR.

J'aurais dû prévoir la violence du coup, et l'y préparer plus insensiblement.

RENARD.

Ne le laissons pas aller, courons-lui après, c'est
dangereux.

ARTHUR.

Oui, vous avez raison, courons, il peut avoir besoin
de nous.

RENARD (en partant).

Un moment de désespoir!...

SCÈNE XV

ALONSO.

Pauvre ami, quelle douleur!... Ah! je succombe moi-même!!!...

Le désespoir, dites-vous! Moi, qui connais la force qui le fortifie, je sais que le désespoir ne pénétrera jamais dans son âme; la douleur pourra l'écraser, mais le désespoir ne saurait le vaincre!...

Il était trop bon, trop vertueux, pour admettre une telle ignominie!... Quel malheur qu'un amour si pur ait coulé à flots sur une fille qui le méritait si peu!... Fallait-il qu'il l'aimât! lui, tomber dans un tel accablement!...

Je faisais toutes les hypothèses imaginables, je supposais tout, excepté la vérité. Vérité cruelle! vérité effrayante!...

Ah! amour! qu'es-tu donc? la première des douceurs et le plus grand des supplices!... Tu m'épouvantes, je te ferme la porte de mon cœur! Aimons donc, pour nous exposer à toutes les fourberies de celle à qui nous donnons notre existence entière!... Ruses, hypocrisies, mensonges, tout est mis en usage pour tromper un jeune homme, et, quand il est pris, il ne lui reste plus qu'à dévorer sa douleur... Si toutes ne

trompent pas d'une manière si monstrueuse, combien
croient avoir le droit de tromper plus ou moins! Elles
mesurent la quantité pondérable de tromperie qu'elles
peuvent donner à un homme; et, pourvu qu'elles ne
descendent pas trop bas à l'échelle de probité qu'elles
se sont créée elles-mêmes, leur conscience est tranquille...

Oh! amour trompeur, fuis bien loin de moi, que
je ne te connaisse jamais! Comment! la belle âme
d'Hector a été sur le point de s'unir à cette âme dégradée!... c'est effrayant!...

Mais que fait-il? où est-il allé? Combien je suis inquiet! Moi, je ne crains pas pour lui le désespoir,
mais la douleur peut le renverser... Oh!... cher
Hector! que ne t'ai-je suivi!... L'avez-vous trouvé?
où est-il? Ramenez-le-moi... Je n'y tiens plus, il faut
que je le cherche!... Hector, cher Hector, reviens, je
suis trop inquiet!... Ah! sortons! (Il se dirige vers la
porte, et entend la voix d'Hector entrecoupée par la douleur.)
Ah! c'est lui!!!

SCÈNE XVI

HECTOR, ALONSO.

HECTOR, se jetant sur Alonso.

Embrasse-moi (Ils s'embrassent), embrasse-moi... Que

Que ton cœur me console! Ah! celui-là, au moins
ne me trahira pas!... J'avais besoin de courir, j'étouf-
fais, maintenant je vais mieux... Arthur et M. Renard
sont partis?

ALONSO.

Oui, ils te cherchent.

HECTOR.

S'ils reviennent, tu leur diras que je ne suis pas
malade, qu'ils ne soient plus inquiets. Je vais vite
préparer une petite valise, et partir. François est déjà
à la besogne, ça ne sera pas long.

ALONSO.

Tu vas partir! Et où vas-tu?

HECTOR.

Je n'en sais rien; j'irai n'importe où, pour oublier
ces horreurs. La vue de ces lieux où j'espérais goûter
une félicité si douce, m'est devenue insupportable.
Laisse-moi fuir, fuir bien vite, si tu ne veux pas me
voir mourir à tes pieds.

ALONSO.

Pauvre ami!... Repose-toi ici, je vais moi-même
préparer ta valise. Donne-moi cette consolation. Que
dans tes courses tu aies avec toi quelque chose qui

7

soit mon ouvrage. Cette pensée m'aidera à supporter ton absence.

HECTOR.

Merci, cœur excellent, je l'emporterai comme un souvenir de toi.

SCÈNE XVII

HECTOR seul.

Voilà un cœur! voilà un ami! La vue de ce trésor inestimable me rend encore plus poignante la douleur de mon amour; car je l'aime encore malgré ses turpitudes, malgré l'horreur qu'elle m'inspire. J'aime, et cependant... je ne puis pas aimer... Supplice inexprimable, tiraillements inouïs... Où vais-je fuir?... Que deviendrai-je?... O Dieu! soulagez-moi,... que votre force soutienne ma faiblesse... Dirigez mes pas chancelants, éclairez mon âme, inspirez-moi une pensée salutaire.... Allons! du courage!... Je dois savoir supporter cette épreuve tout écrasante qu'elle est. Ai-je donc oublié que l'adversité est la situation normale de l'homme en cette vie?... Oui, je vais reprendre un peu de courage... Je me sens déjà plus fort... Oh! Dieu! soyez béni!... J'ai confiance en votre protection... Arthur et Hector

ne me reverront pas avant mon départ, je vais leur
laisser deux mots d'amitié. Oui, je dois les remercier
de leur aide, de leur dévouement. (Il prend du papier et
une plume.) Sans eux, à quel abîme j'allais ! Ah ! dois-je
bénir la douleur qui m'écrase ! (Il écrit)

« Chers amis,

« Ne soyez pas inquiets de moi, je pars en vous
remerciant du fond du cœur... » (S'interrompant) Ah !
mon Dieu, que je souffre ! je suis déchiré jusqu'au
fond des entrailles, broyé, écrasé, pulvérisé !... Je
n'aurais jamais cru qu'il existât dans l'humanité
une souffrance égale à celle qui me torture... (Il continue la lettre.) « Je tâcherai d'oublier ces lieux, mais je
penserai toujours à vous...

« Votre ami reconnaissant. »

Oui, certainement, je vais partir au plus vite, je ne
puis pas rester plus longtemps ici... je manque d'air,
j'étouffe... Où est ma valise ? (Il se dirige du côté de sa
chambre et rencontre Alonso et François qui rentrent dans
l'atelier.)

SCÈNE XVIII

HECTOR, ALONSO, FRANÇOIS.

François porte une petite valise.

ALONSO.

Voici; tes désirs sont satisfaits; mais promets-moi de m'écrire bientôt.

HECTOR.

Merci,... merci... Je t'écrirai dès que je pourrai,... lorsque je serai arrivé à un résultat plus satisfaisant... Si je ne t'écrivais pas, ne sois pas inquiet... Tu m'excuseras; j'ai besoin de solitude, de changement, de je ne sais quoi... Mais par-dessus tout ne sois pas inquiet... Je te prie de remettre cet adieu d'ami à Arthur et à M. Renard.

FRANÇOIS.

Monsieur reviendra bientôt; nous serions trop désolés si...

HECTOR, l'interrompant.

Je tâcherai, François. Dans mes voyages, je penserai aussi à vous. Adieu; vous êtes un bon domestique; continuez à rendre à mon ami Alonso les ser-

vices que vous lui rendiez précédemment. (A Alonso.)
Adieu, bien cher ami ; adieu. (Ils s'embrassent.)

ALONSO.

Adieu, pauvre ami, prends courage. (Hector part.)

FIN DU TROISIÈME ACTE.

ACTE IV

SCÈNE PREMIÈRE

ALONSO, ARTHUR.

ARTHUR.

Si le silence d'Hector continue, il finira par être équivalent à une mort ; quand il rentrera, il me trouvera en deuil de lui-même.

ALONSO.

Bien qu'il nous ait dit d'être sans inquiétude, ce cher ami devrait comprendre que nous avons besoin de nouvelles. Si on ne l'avait pas vu à Boulogne s'embarquant pour l'Angleterre, notre situation serait désolante. Depuis bientôt un mois qu'il est parti, point de lettre ; c'est vraiment trop long.

ARTHUR.

Au moins aurait-il dû dire combien de temps, il

voulait garder le silence ; mais non, rien, absolument rien... Ce maladroit ! s'être créé tant de tourments, lorsqu'il aurait pu être heureux, s'il avait voulu m'écouter !

ALONSO.

Il me semble qu'il a eu grand tort. Mademoiselle Félicie étant maintenant chez son père, je l'ai vue assez souvent pour la connaître, et j'ai conçu pour elle la plus sincère estime. Il ne lui manque que la fortune, mais Hector est dans une assez belle position artistique pour pouvoir s'en passer.

ARTHUR.

Il a été aveuglé d'une manière étonnante par mademoiselle de la Bastéride ; pendant qu'il courtisait cette pauvre infortunée, il voyait tout à son aise mademoiselle Félicie, il a bien pu l'apprécier ; néanmoins elle a passé complétement inaperçue ; il ne m'en a pas parlé une seule fois.

ALONSO.

Et moi qui suis constamment avec lui, et par conséquent le dépositaire naturel de ses pensées, il ne m'en a dit que quelques mots tout à fait à sa louange, et ç'a été fini.

SCÈNE II

LES MÊMES, RENARD.

RENARD.

Bonjour, messieurs, j'espère qu'aujourd'hui vous allez me donner des nouvelles de M. Desviris.

ARTHUR.

Je venais en chercher aussi; nous serons encore obligés de repartir sans en avoir reçu.

RENARD.

Comment! toujours rien!

ARTHUR.

Silence complet... Je viens d'apprendre une coïncidence bizarre. Ma femme, qui recevait si souvent la visite de mademoiselle Fleuron, ne l'ayant pas vue depuis longtemps, a craint qu'elle ne fût malade; elle est allée la voir, et elle a appris que mademoiselle Fleuron était en voyage depuis près d'un mois; c'est-à-dire que son départ coïncide précisément avec celui d'Hector. Or, depuis longtemps je lui supposais le désir caché de faire la conquête de notre ami,

ALONSO.

Cela serait amusant.

ARTHUR.

J'ai sondé une fois Hector en vue de cette éventualité, et il m'a répondu de manière à ne pas me laisser la moindre inquiétude ; à son avis, mademoiselle Fleuron est une Cassandre.

ALONSO.

Ah ! très-bien ! très-bien !

ARTHUR.

Si je n'avais pas cette réponse pour me tranquilliser, la coïncidence de ces deux départs simultanés pour des lieux inconnus m'inquiéterait.

ALONSO.

Mademoiselle Fleuron ne sait pas plus que nous où il est allé. Et puis, en supposant qu'elle eût réussi à le savoir, et qu'elle lui eût couru après, qu'est-ce que cela pourrait faire à Hector ? Se laisserait-il prendre par une fille qui présente l'assemblage de tous les défauts imaginables ?

ARTHUR.

Ah ! qui sait ? Après le choc auquel il a été soumis.

7.

Mais, grâce à la réponse qu'il m'a faite, je suis tranquille.

RENARD.

Puisque M. Hector ne veut pas nous permettre de
parler de lui, permettez que je vous parle de moi.
Depuis quelques jours, un jeune homme m'est présenté par une personne dans laquelle j'ai une entière
confiance. On m'affirme qu'il mérite à tous égards
d'être accepté, et que je dois me hâter de donner suite
à cette affaire. Voudriez-vous, monsieur Arthur,
m'aider un peu?

ARTHUR.

Vous voulez que je vous aide à découvrir les défauts
de ce jeune homme?

RENARD.

Ses défauts et ses qualités.

ARTHUR.

Non, je ne me charge que de vous faire connaître
ses défauts, dussé-je vous paraître bizarre.

RENARD.

Bizarre!... Je n'oserais pas employer un mot si
dur. Je comprendrais que vous acceptassiez tout à
fait ou pas du tout. Je vois que ma demande vous
contrarie, je la retire.

ARTHUR.

Non, votre demande ne me contrarie point, pourvu que vous acceptiez ma réponse sans la modifier.

RENARD.

Alors vous serez le procureur impérial, et je choisirai d'office un avocat pour défendre l'accusé.

ARTHUR.

C'est parfaitement juste; je ne puis pas vous refuser ce droit. (A part.) Le procureur impérial remplira bien ses fonctions.

RENARD.

Quand ouvrirons-nous la session?

ARTHUR.

Dès qu'il vous plaira, mes conditions étant acceptées, je suis tout entier aux ordres de mon président.

RENARD.

C'est très-bien. (Il se lève.) Et si vous avez des nouvelles de M. Desviris, vous me les ferez connaître.

ARTHUR.

Dès que que j'en aurai, je vous promets de vous les porter moi-même. (François annonce M. Martin de Montbrison.)

RENARD.

Merci,... adieu. (Il part.)

SCÈNE III

ARTHUR, ALONSO, MARTIN.

MARTIN.

Bonjour, messieurs. M. Desviris est absent; pour-rais-je savoir quand il reviendra?

ARTHUR.

Monsieur, nous ne pouvons pas vous le dire; ce-pendant nous espérons que son absence touche à son terme.

MARTIN.

M. Desviris est un de mes anciens amis; je lui ai écrit il y a longtemps; et, étonné de ne point recevoir de réponse, je profitais de mon passage à Paris pour venir voir à quoi je dois attribuer ce silence obs-tiné.

ARTHUR.

Vous êtes un des amis de M. Desviris; cela suffit, monsieur, pour que vous deveniez le nôtre, si vous voulez bien le permettre.

MARTIN.

Très-volontiers, monsieur.

ARTHUR.

Veuillez donc vous asseoir, et parlons un peu de cet ami commun qu'un départ très-précipité nous a enlevé il y aura bientôt un mois.

MARTIN.

Un mois! Mais est-ce son voyage de noces? est-il marié?

ARTHUR.

Hélas, non! Vous avait-il parlé d'un mariage plus ou moins prochain?

MARTIN.

Dans sa dernière lettre, il m'avait bien parlé de je ne sais quelle Parisienne dont il s'était coiffé; ce à quoi j'avais répondu en lui disant de la prendre vite, si elle lui plaisait, et à venir me voir ensuite avec elle. Sinon, à venir tout de même, et à préférer à ses Parisiennes nos provinciales bien fraîches et bonnes filles. Au lieu de répondre à ma lettre, le voilà qui entreprend une course vagabonde! Mais est-il donc allé à la conquête de la Toison d'or?

ARTHUR.

Il est allé tout simplement chercher un peu de repos;

ce mariage dont il vous avait parlé lui a occasionné des désagréments, et il voyage pour se distraire de ces émotions pénibles.

MARTIN.

Et où va-t-il, au lieu de venir chez des amis qui seraient si heureux de le recevoir? Une provinciale est donc pour lui un fantôme! Les contrariétés qu'il a éprouvées auraient dû le dégoûter de ses Parisiennes, je ne comprends pas cet engouement. Chez nous quand un jeune homme se présente pour une fille, il n'a pas à redouter les inconvénients d'une politique tortueuse. Chacun se connaît, et quand l'affaire doit se faire, elle est vite faite... Pendant que tout se passe si bien chez nous, je vois ce pauvre Hector languir ici depuis plusieurs années comme une plante sans eau. Je venais pour lui rendre la vie; et s'il avait eu la sagesse de m'attendre, je l'aurais pris, emmené de gré ou de force dans nos montagnes; notre air pur lui aurait secoué le sang; les figures épanouies de nos campagnards auraient agi magnétiquement sur lui; et, quinze jours après, il serait revenu vers vous avec une gentille petite femme; voilà le bonheur dans cette maison.

ARTHUR.

Ah! monsieur, vous vous flattez peut-être. Pour moi, je vous aurais décerné une décoration matrimo-

niale si vous aviez réussi à enlever la citadelle sans
coup férir.

MARTIN.

Comment ! une citadelle ! Mais quand donc se ma-
riera-t-il, s'il se défend comme une place assiégée ?

ARTHUR.

Il faut bien qu'il y ait quelque chose comme cela ;
malgré tous nos efforts, jusqu'à ce jour nous n'avons
pas réussi à le satisfaire.

MARTIN.

Que lui faut-il donc ? Une nymphe ? Et parbleu,
c'est bien simple, il ne veut pas vos Parisiennes qui
ne sont pas faites pour lui. Il a trop de bon sens pour
s'embarquer sur l'océan du mariage dans une cha-
loupe si mal lestée. Ah ! je leur en demande bien
pardon, elles n'ont pas ma confiance.

ARTHUR.

Oh ! elles vous pardonnent, monsieur, elles ne sont
pas si méchantes que vous croyez. Elles savent tout
de même pardonner la franchise d'un provincial. A
la vérité, elles s'en amusent bien un peu, mais vous
ne vous gênez guère à leur égard.

MARTIN.

Oui, je vous avoue que je ne sais pas cacher ma

pensée. Je déteste ces personnes qui ne parlent jamais
que du bout des lèvres. Qu'elles vous aiment, qu'elles
vous détestent, qu'elles soient contentes, qu'elles
soient tristes, elles sont toujours la même chose. Ou
bien si elles ont l'air gai, c'est une gaieté sur com-
mande. Vos Parisiennes!!! mais elles ne savent
rire que comme les poupées savent parler : par méca-
nisme... Le ressort est-il monté? — Jours de réception — madame est aimable, ravissante. Le ressort
n'est-il pas tendu? — Jours ordinaires — madame
est maussade, boudeuse. C'est aux étrangers qu'une
femme décerne toutes ses grâces, pour son mari
qu'elle réserve toutes ses maussaderies, et vous appe-
lez cela, aimer!

ARTHUR.

Et dans vos provinces les maris ne sont jamais
exposés à cet inconvénient?

MARTIN, avec vivacité.

Mais non, monsieur, jamais. Chez nous les femmes
aiment leur mari. Oh! je ferai si bien qu'Hector pren-
dra une de nos provinciales. Je vais m'installer à
Paris avec ma femme, — qui n'en sera pas fâchée, —
jusqu'à son retour; et puis, quand il sera revenu,
vous verrez. (François annonce M. Baptiste, conseiller municipal
de la commune de Saint-Léger.)

ARTHUR.

Faites entrer.

SCÈNE IV

LES MÊMES, LE CONSEILLER.

LE CONSEILLER, entrant très-brusquement.

Messieurs, je sais que M. Desviris est absent, excusez
donc mon importunité; elle est la conséquence de mon
irritation extrême contre M. Desviris. Voilà un jeune
homme auquel je confie le travail le plus important
qu'il aura de sa vie, qui me promet de s'en occuper
immédiatement, auquel j'accorde ma protection toute
spéciale, et qui se met à courir on ne sait où depuis un
mois!!! Quel'e est cette folie?... Oh! il est inutile de
vouloir me cacher le fait, je le connais dans tous ses
détails : il a été assez ridicule pour se faire refuser la
fille qu'il désirait et qu'il aurait dû s'estimer trop heureux d'obtenir, même à l'aide des plus grands sacrifices; une personne charmante, accomplie, appartenant à l'une des familles les plus respectables! Moi
qui lui avais promis ma protection, j'aurais peut-être
pu réparer ses sottises; mais s'il veut continuer ce
genre de vie, au lieu de ma protection, je ne lui réserve que ma justice. Après avoir compromis son ma-

riage, il compromettra son avenir, je lui retirerai le
travail que je lui avais confié. Messieurs, vous pourrez
lui dire cela de ma part, si toutefois vous savez où il
est... Et s'il lui plaît de reparaître parmi les vivants,
il pourra me parler au grand hôtel du Louvre, où je
suis descendu... Maintenant je quitte ces lieux pour
n'y plus revenir, à moins qu'il ne se hâte de renoncer
à ses extravagances! (Il se prépare à sortir.)

ARTHUR.

Monsieur, je vous affirme que M. Desviris est très-
heureux d'avoir le travail qu'il a obtenu, par votre
intermédiaire à ce qu'il paraît.

LE CONSEILLER.

Par mon intermédiaire! Dites, monsieur, par mon
choix. Car c'est moi qui l'ai choisi, moi qui l'ai pro-
posé au conseil, moi qui le lui ai fait accepter.

ARTHUR.

Si c'est à votre choix qu'il doit une si bonne fortune, c'est une raison de plus pour qu'il s'estime très-
heureux d'avoir un entretien avec vous. Mais comme
nous sommes ses amis intimes, peut-être pourrions-
nous le remplacer en partie, ou au moins lui faire
parvenir vos observations. Ainsi, monsieur, veuillez
vous asseoir et nous parlerons.

LE CONSEILLER, debout et impatienté.

Ah ! vous au moins vous êtes plus favorisés que les autres, vous savez où il est ! Eh bien ! ayez la bonté de me le dire, et j'irai le trouver !

ARTHUR.

Monsieur, cela serait un peu difficile, mais des amis peuvent et doivent se rendre des services. Nous lui rendrons celui-là avec tout le dévouement dont nous sommes capables.

LE CONSEILLER, son impatience va croissant.

C'est impossible ! c'est moi qui dois lui parler, je lui avais dit qu'il devrait prendre mes idées !

ARTHUR.

Monsieur, si nous pouvions les lui communiquer ?

LE CONSEILLER, exaspéré.

Eh ! c'est impossible ! ! ! Puisque vous ne voulez pas me dire où il est, je pars et je lui retire ma protection !... (Partant, avec indignation.) Ne pas même vouloir me dire où il est ! (Il rentre.) Ah ! encore deux mots !... Un jeune homme habite constamment avec lui, je voudrais bien savoir si celui-là serait capable des mêmes folies !

ALONSO.

Monsieur, ce jeune homme est celui même qui a

l'honneur de vous parler; et il est désolé de vous voir
traiter si rudement son plus intime ami, qui est bien
loin de mériter tant de rigueurs.

LE CONSEILLER.

Ah! si vous le défendez de la sorte, c'est que vous
ne valez pas mieux que lui!... Allons! c'est bien! n'y
pensons plus, nous ne serons pas embarrassés pour
en trouver d'autres!... Décidément, toutes les têtes
sont bouleversées. Voilà que les domestiques même
se mettent de la partie. M. le maire de ma commune
avait depuis bien des années des domestiques qu'il
croyait être les plus fidèles du monde. Un certain jour,
le cocher se met de mauvaise humeur; il saccage tout
à tort et à travers, brouille les uns avec les autres,
monte toutes les têtes, et excite si bien les passions
humaines, que tous partent en bloc, laissant notre
pauvre maire dans le plus grand embarras. Heureusement il a trouvé sous sa main un homme qu'il connaissait un peu; il l'avait eu chez lui lorsqu'il habitait
Paris. Cet homme sort de chez madame de la Bastéride pour je ne sais quelle raison; il servait chez elle
lorsque votre ami y était reçu... Ah! nous savons
maintenant à quoi nous en tenir sur son compte,
malgré votre zèle à le défendre! (S'adressant à Alonso.) Si
vous marchez sur ses traces, vous et lui, vous finirez
par aller faire de la peinture à Charenton! (Il sort très-
brusquement. Arthur, Martin, Alonso se regardent étonnés.)

FRANÇOIS.

On désire parler à M. Alonso.

ALONSO.

Quelle apparition phantasmagorique! (Il sort.)

MARTIN.

Une explosion de poudrière!

ARTHUR.

Quel étonnant personnage!... Hector m'avait bien parlé du curé de cette paroisse, mais il ne m'avait jamais dit un mot de ce bourru protecteur.

MARTIN.

Je plaindrais Hector de se trouver placé sous une telle protection.

ARTHUR.

Cependant il ressort un enseignement de l'exaspération de cet homme; c'est que notre ami se nuit sous tous les rapports, par cette absence qui ne finit plus. Si au moins il nous écrivait...

MARTIN.

Comment! il ne vous écrit pas?

ARTHUR.

Eh non! nous sommes dans la plus grande inquiétude.

SCÈNE V

LES MÊMES, UN AMI.

ALONSO rentrant avec l'ami, à Martin.

Puisque monsieur porte à Hector une si vive amitié, il ne sera peut-être pas fâché de voir le dernier tableau dont il a orné ma chambre.

MARTIN.

Oui, très-volontiers.

ARTHUR.

Il est très-réussi, il mérite d'être vu.

MARTIN.

Eh bien! allons le voir. (Arthur conduit Martin dans la chambre d'Alonso.)

SCÈNE VI

ALONSO, UN AMI.

L'AMI.

Monsieur, lorsque je vous fis, il y a un mois, des

révélations accablantes sur le compte de mademoiselle de la Bastéride, j'étais loin de penser qu'un jour
viendrait où je devrais moi-même les détruire, en les
déclarant fausses, complétement fausses. C'est cependant ce que je viens faire aujourd'hui. Il y a eu dans
cette affaire une turpitude dégoûtante, c'est vrai;
mais elle n'est point là où je l'avais vue. (Surprise d'Alonso.)

Le jeune homme dont je vous avais parlé est marié
aujourd'hui, et son mariage a été la récompense d'une
bassesse dont je ne l'aurais jamais cru capable. Je
m'étais fait son interprète bien innocemment, je
croyais remplir un devoir en l'aidant de mon intervention. Hélas! je n'ai été que l'instrument d'une
machination infâme! Aujourd'hui, riche et heureux,
il n'a pas pu résister plus longtemps à ses remords,
et il m'a prié de venir moi-même réparer les torts que
nous avons faits à deux innocents; lui, par sa calomnie, et moi par une participation involontaire à sa
faute. Le premier, le vrai coupable en tout cela est
un monstre à visage humain qui sait cacher sous des
dehors assez convenables l'âme la plus dégradée. Ce
jeune homme s'est laissé prendre dans les piéges de
son hypocrisie. Il a été fasciné à ce point, qu'on est
parvenu à lui faire considérer presque comme une
bonne action ce mensonge qui lui procurait une protection honteuse. En même temps il conquérait aux
yeux d'une mère insensée des droits à un mariage

en se déclarant coupable d'un acte qui aurait dû lui
attirer un refus. Une telle folie de la part d'une mère
laisse le champ libre à des interprétations malveil-
lantes ; mais je n'en ferai aucune... Mon ami prie
instamment M. Desviris d'agréer la douleur déchirante
qu'il éprouve de devoir son bonheur présent à la
calomnie.

ALONSO.

Hélas ! monsieur, je me roidissais contre l'évidence
de vos dépositions. Mon ami en a fait autant ; il n'a
cédé que devant une lettre qui le congédiait d'une
manière terrassante.

L'AMI.

Monsieur, pour compléter la réparation, il convient que j'aille chez madame de la Bastéride, que je
lui explique son erreur. Après cette démarche il me
semble que M. Desviris pourrait très-bien se présenter de nouveau.

ALONSO.

Il est tout de même très-étonnant que madame de
la Bastéride ait exécuté toutes ces marches et contre-
marches pendant l'été, et qu'elle ait ensuite disparu
d'une manière complète pendant plusieurs mois.
Pourquoi aurait-elle fait tout cela si elle n'avait pas
eu quelque chose à cacher ?

L'AMI.

Monsieur, voici les faits dans tous leurs détails ;
puisque vous conservez encore des inquiétudes, je
dois vous les faire connaître. Il est très-vrai que mademoiselle de la Bastéride vit ce jeune homme au bal de
l'hôtel de ville ; il est également très-vrai qu'il y conçut
pour elle une passion violente. Mais là s'arrête la
vérité. Mademoiselle de la Bastéride le repoussa avec
indignation. Ce jeune homme ne se tint pas pour battu.
Il tâcha de la rencontrer, de se trouver sur son passage ; et c'est pour se débarrasser des obsessions de
de cet importun que madame de la Bastéride fit voya-
ger sa fille. Il les suivit partout. De là leurs départs
précipités des bains de mer pour les eaux thermales,
des eaux pour les bains de mer ; de là enfin leur
complète disparition qui lui fit perdre leurs traces.
Elles se réfugièrent dans une famille noble des environs de Blois ; elles y passèrent la fin de l'été, l'au-
tomne et le commencement de l'hiver. Vous voyez
que M. Desviris fera très-bien de recommencer ses
démarches, et je vais chez madame de la Bastéride
pour les lui faciliter, si vous pensez que mes efforts
doivent lui être agréables.

ALONSO.

Soyez convaincu, monsieur, que mon ami vous sera

8

très-reconnaissant de la réparation qu'il devra à votre loyauté. Je regrette beaucoup qu'il ne soit pas à Paris en ce moment ; il serait sans doute très-heureux de s'entendre avec vous. Si vous vouliez me permettre de vous accompagner chez madame de la Bastéride, peut-être pourrais-je vous aider dans cette œuvre réparatrice ; je l'ai vu partir, j'ai pu juger de l'amour qu'il avait pour mademoiselle de la Bastéride. Il me semble que le récit simple et naïf de ce qui s'est passé, fortifié de votre déposition, devra convaincre madame de la Bastéride de l'innocence de M. Desviris, quelque blessée qu'elle ait pu être précédemment.

L'AMI.

Monsieur, j'y consens très-volontiers, sortons ensemble. (Ils sortent en même temps que MM Arthur et Martin rentrent dans l'atelier.)

SCÈNE VII

ARTHUR, MARTIN, FRANÇOIS.

MARTIN.

Quel est donc ce jeune homme qui habite avec lui, et dont il orne si bien la chambre ?

ARTHUR.

C'est son Benjamin, M. Alonso de San Carlo,
Espagnol d'origine noble. Le père d'Hector a sauvé
la vie à la mère de ce jeune homme pendant les guer-
res d'Espagne. De là une intimité est résultée entre
les parents des deux jeunes gens. La mère est venue
en France avec son sauveur, soit par reconnaissance,
soit pour fuir les lieux où elle venait de voir mourir
son mari. Peu de temps après son arrivée en France,
elle est morte elle-même, confiant au père d'Hector
son fils Alonso. Lorsque Hector vint à Paris pour la
première fois, il y vint seul.

MARTIN, l'interrompant.

Et c'est alors que j'ai fait sa connaissance.

ARTHUR.

Après la mort de son père, notre ami étant venu
se fixer définitivement à Paris, son frère adoptif l'y
suivit, et, depuis, ils ne se sont jamais quittés.

MARTIN.

Excepté présentement. Si au moins je connaissais
le lieu de sa retraite! Mais que peut-il faire? pourquoi
ce silence?

ARTHUR.

Vous comprenez maintenant qu'il m'était très-diffi-

cile de trouver un expédient pour apaiser la colère de
son bourru protecteur. Oh! je n'y ai pas renoncé pour
cela ; il serait trop fâcheux qu'Hector perdît une si
bonne occasion de montrer son talent. Cet homme
peut lui être utile ou nuisible ; il faut posséder ses
bonnes grâces. Tout à l'heure il était très-irrité, mais
peu à peu cette colère passera... L'ogre sera plus abor-
dable ; j'irai le voir, et je parviendrai bien à l'adoucir.

FRANÇOIS, entrant précipitamment.

Une lettre de M. Desviris. Ah! quel bonheur! le
voilà! Quand M. Arthur aura lu la lettre, il me dira
bien comment monsieur se porte, et quand nous le
reverrons. (Il sort.)

ARTHUR, MARTIN.

Ah! bravo! bravissimo!

ARTHUR, regardant l'adresse.

Elle est adressée à M. Alonso de San Carlo, avec
prière de la communiquer à M. Arthur. Alors, malgré
l'absence de son destinataire, je me permets de rom-
pre le cachet. (Il déchire l'enveloppe.)

MARTIN.

Suis-je heureux d'être resté jusqu'à présent!

ARTHUR.

Ah! elle en contient une deuxième!... Pour mon-

sieur Alonso de San Carlo seul. Vous voyez ils ont des
secrets. (Il lit.)

« Chers amis. Je vous entends d'ici accueillant
par l'explosion de vos cœurs la lettre de votre fu-
gitif. Eh! oui! je devais fuir pour échapper à la douleur qui m'écrasait! Je suis parti sans savoir où
j'allais; j'ai fait un bond en Angleterre, je ne m'y suis
pas trouvé bien, j'ai repassé le détroit, j'ai traversé la
Belgique, regardant tout, et ne voyant rien. L'Alle-
magne n'a pu arrêter mon ardeur fugitive, qui enfin
est venue se briser contre les Alpes bernoises. Leur
aspect imposant a guéri peu à peu l'espèce d'étour-
dissement magique, par lequel mes yeux étaient
éblouis. Alors j'ai commencé à voir, j'ai gravi les
flancs escarpés, j'ai escaladé les cimes les plus inabor-
dables. Là j'éprouvais un certain bonheur à contempler à mes pieds ce monde qui naguère m'écrasait de
tout le poids de son injustice; là, je respirais à l'aise,
je me sentais transporté dans un monde meilleur, je
me croyais plus près de Dieu; j'élevais plus facilement
vers lui mes cris de détresse; et lorsque je redescen-
dais au milieu des hommes, je me trouvais plus fort
pour supporter leur malice. Enfin, à force de luttes
persévérantes, je gagnai assez de courage pour me
décider à fouler le sol français, que j'avais fui jusqu'alors. J'étais arrivé à Martigny, et c'était le lendemain que j'avais résolu de rentrer dans ma patrie.

S

J'avais choisi la nuit. Me considérais-je comme un transfuge? N'osais-je plus reparaître au grand soleil au milieu de mes compatriotes? ou bien les obscurités imposantes de la nuit me semblaient-elles plus propres à donner un libre cours à tous les élans de l'âme? Ces divers sentiments sans doute s'étaient unis ensemble pour influer sur ma décision. D'ailleurs je désirais arriver en vue du mont Blanc avant le lever du soleil, pour jouir de ses premiers feux. Je partis donc à dix heures du soir de Martigny avec un guide italien, un hercule qui m'avait tourmenté toute la journée pour obtenir la permission de me conduire, ne manquant pas de faire valoir la solidité de ses membres. Le ciel semblait protéger mon repentir par sa brillante sérénité. Bientôt la plaine avait fui derrière moi, je m'enfonçais dans les gorges. Je gravissais au pas de charge une montagne abrupte ; la conscience d'un devoir accompli - doublant mes forces, le guide aux membres herculéens avait peine à me suivre. J'arrivais au haut, je touchais à la frontière de la France ! Mon cœur battait avec force ; je pensais à vous, chers amis, à mon père enlevé depuis bien des années à son fils, à son pays qu'il avait servi, et que j'avais la lâcheté de fuir; je pensais à mes rêves trompés, à mes lauriers flétris, à mes gloires futures; à la nécessité de rentrer en lice, de livrer de nouveaux combats, pour triompher de la faiblesse de l'homme par le courage du chré-

tien. Un dernier effort! je m'élance! je franchis la
frontière en criant de toute la force de ma poitrine :
France! Et les montagnes ébranlées répondent par un
sourd mugissement: France! France! France! »

MARTIN.

Ah! cher ami, nous allons donc enfin te revoir.

ARTHUR, continuant.

« — En avant, criai-je à mon guide; nous nous repo-
serons en vue de la grande montagne; et en parlant
ainsi, je le précédai. Nous descendîmes dans une
gorge profonde, nous entrâmes dans un bois; je
saluai du cœur, en passant devant une auberge, les
Français qui y dormaient tranquilles sur le bord d'un
effrayant précipice, puis les arbres devinrent plus
rares, et nous arrivâmes à la région des roches nues
avec les premières clartés de l'aurore. Le spectacle
était des plus imposants. Les ombres s'entre-croi-
saient avec la lumière naissante; des pointes hardies
se dressaient isolées et lumineuses, pendant que les
blocs qui s'en étaient détachés gisaient obscurs à
nos pieds. Derrière nous mugissait encore, à une
grande profondeur, le torrent que nous venions
d'abandonner; à notre gauche et par devant, des mas-
ses inaccessibles semblaient nous barrer le passage.
Je contemplais cette scène avec émotion, lorsque

j'entendis au-dessus de moi un cri d'homme poussé par
une forte poitrine. — Cet homme est peut-être égaré,
dis-je à mon guide, réclamerait-il du secours ? — C'est
sans doute, me répondit-il, un voyageur qui a voulu
devancer l'aurore; mais je vais pousser un cri semblable au sien pour lui manifester notre présence. Et
sa voix se mit sur le diapason de notre inconnu. Mais
aucune réponse ne se faisant entendre, nous conti-
nuâmes notre route. J'étais rentré dans mon extase
contemplative, lorsqu'à quelques centaines de pas plus
loin, au détour d'un rocher, nous sommes assaillis
brusquement par cinq hommes vigoureux aux barbes
antédiluviennes. »

MARTIN.

Ah! mon Dieu!

ARTHUR, continuant.

« Mon guide, serré de moins près que moi, se dégage lestement et jette ma valise pour fuir plus vite.
Seul en présence de cinq, malgré ma résistance éner-
gique je suis enveloppé dans des couvertures, emmail-
loté comme un enfant, on me bande les yeux, et on
m'emporte en compagnie de ma valise. »

MARTIN.

Quelle aventure!

ARTHUR.

J'ai hâte d'en voir la fin. (Continuant.) « Mais à peine s'étaient-ils mis en marche, qu'on entend à distance une voix et des pas de mulet. »

MARTIN.

Ah!

ARTHUR.

« Je pousse des cris, ils les étouffent; ils pressent le pas, tâchant d'abandonner le sentier. Mais le poids qu'ils portent gêne leur marche; il est trop tard. La société libératrice approche; mes bourreaux m'abandonnent avec ma valise et s'enfuient en toute hâte. Quels cris je poussais! et personne ne venait me secourir! Enfin, après une attente qui me parut prodigieusement longue, une main humaine s'approche de mon visage, me tourne, me retourne. Obligé de reconnaître un homme sous cette forme insolite, on me débande les yeux, et je vois un bon habitant de ces montagnes, qui ne comprenait guère le français. Il dégage mes membres, et me rend à la liberté... En vain le priai-je, moyennant bon payement, de m'accompagner jusqu'au prochain village; il lui aurait fallu revenir sur ses pas; je ne pus rien obtenir. Je me décidai donc à me charger de ma valise, et j'arrivai au pas de course à Albepierre, où je me hâtai de raconter mon aventure. En apprenant ce fait, tous sont en émoi ; des dames anglaises, qui allaient partir pour Martigny avec une Française, reculent d'épouvante, elles ne partiront pas ; elles vont chercher leur Française. Leur Française apparaît: Le croiriez-vous? Oh! ébahissement! mademoiselle Fleuron! Oui, mademoiselle Fleuron!!!... Elle abandonne ses Anglaises ; elle s'informe de ma santé ; elle veut me soigner ; elle m'accompagnera à Chamounix ; elle ne me quittera pas. Enfin cet événement semble avoir transformé ce vieux cœur de fille qui n'avait jamais vibré, et qui aujourd'hui vibre très-visiblement en faveur de la victime qu'elle aurait bien voulu délivrer de ses propres mains : voilà ma situation actuelle. »

MARTIN.

Et puis, peut-elle faire son affaire?

ARTHUR.

Nullement. (Il continue.) « Vous ne recevrez cette lettre guère que dans une dizaine de jours, mais n'en soyez pas surpris. A mon retour, je vous expliquerai l'énigme, aussi bien que la cause pour laquelle je vous laisse ignorer les lieux que je dois parcourir encore. Huit jours après la réception de cette lettre, j'espère que vous reverrez votre déserteur, heureux de vous serrer dans ses bras. Tout à vous de cœur.

« H. DESVIRIS. »

MARTIN.

Et puis c'est tout? Ah! quel homme! Il pourrait
bien nous dire ce qu'il veut faire de cette demoiselle
Fleuron. Faut-il que nous nous occupions encore de
lui? Quel âge a-t-elle?

ARTHUR.

Trente ans.

MARTIN.

Oh! alors, c'est bon! Nous pouvons être tranquilles!

ARTHUR.

Maintenant, c'est le cas d'aller chez son bourru protecteur pour qu'il lui rende sa protection! (Il remet les
deux lettres dans l'enveloppe.)

MARTIN.

Et puisqu'il reviendra dans huit jours, dans huit
jours il se mariera avec une de nos bonnes provinciales!... Ah! vive la joie! (Ils sortent ensemble.)

FIN DU QUATRIÈME ACTE.

ACTE V

Cet acte se passe dans les salons de M. Arthur Flotte des Granges. Sur l'avant-scène est un petit salon. Dans le fond est le salon principal, communiquant sur la droite et la gauche avec la salle à manger, une salle de billard, etc.

SCÈNE PREMIÈRE

MADEMOISELLE FLEURON, FRANÇOIS.

(François introduit mademoiselle Fleuron dans le petit salon.)

MADEMOISELLE FLEURON.

M. Flotte des Granges reçoit aujourd'hui une société nombreuse pour célébrer le retour de M. Desviris?

FRANÇOIS.

Oui, mademoiselle, et je suis venu prendre part à la joie générale.

MADEMOISELLE FLEURON.

M. Desviris a fait un bon voyage?

FRANÇOIS.

Il a l'air très-content. Il est revenu avec une jeune
Allemande, son tuteur et M. Alonso, qui était allé à
leur rencontre je ne sais où, bien loin sans doute, car
il est resté huit jours absent.

MADEMOISELLE FLEURON.

Ah! M. Alonso!... Mais on a besoin de vous, allez
continuer votre service.

FRANÇOIS.

Je crois que mademoiselle n'attendra pas longtemps; le dîner s'est prolongé un peu tard, il va être
terminé.

SCÈNE II

MADEMOISELLE FLEURON.

Une Allemande! Qu'est-ce que cela signifie?...
Allait-il vers cette Allemande lorsqu'il est parvenu à
m'échapper? Cette fois il a disparu habilement; j'ai
eu beau lancer mes espions, étendre de tous côtés les
ramifications de ma surveillance, soudoyer conduc-
teurs de diligences, employés de gares, et tous ceux
qui pouvaient le surprendre au passage, personne ne
l'a vu, tout a été inutile... Et cependant il avait l'air

touché des soins que je lui prodiguais,... et de grand
cœur. Il s'était si bien défendu! Quelle peine j'éprouvais de confier à un autre sa délivrance! Mais il le
fallait bien; mon salut l'exigeait... Nos cinq barbes
ont dû faire un beau feu de joie! Ah! quelle aventure! Comment ai-je osé cela! L'amour fait faire bien
des folies, dit-on, et c'est la vérité... Eh bien! à
présent que je connais son courage, je commence à le
craindre! son caractère est si indépendant!... Et cependant je ne sais guère pourquoi je crains; ma supériorité sur toutes mes rivales est bien incontestable;
c'est une faiblesse d'imagination. Il n'y a plus à s'occuper de mademoiselle de la Basteride; le tour a été
joué à merveille. Mon jeune homme bien marié, bien
heureux, n'ira pas troubler son repos pour révéler
des faits qui ne sont pas à sa gloire; j'aurai soin en
outre d'entretenir avec lui des relations fort amicales;
de ce côté je suis bien tranquille... Il n'y a pas davantage à tenir compte de mademoiselle des Granges
qui a horreur du mariage. Elle ne feint pas, il y a trop
longtemps que je la vois pour conserver à son égard
la moindre inquiétude... Vient ensuite mademoiselle Renard! Oui, mademoiselle Renard, l'institutrice,
congédiée honteusement après la scène extravagante
de son père! Qu'elle dorme tranquille celle-là!...
Viennent encore toutes les bonnes provinciales de
M. Martin! Ah! il me tarde de les voir, ces bonnes

provinciales à la grosse figure rubiconde, à la démarche de canard ! Ah ! ah ! ah ! j'en ris d'avance !
J'ai bien su deviner immédiatement qu'elles étaient
tout à fait inoffensives, ces bonnes provinciales ; aussi
ne me suis-je pas donné la peine de jeter la pertur-
bation parmi elles. Mais le coup terrible partait de
cette commune de St-Léger. Si je n'avais pas eu le
bonheur de voir les cartes du conseiller et du curé,
tout était perdu. Pouvais-je me douter qu'une famille
de cette importance aurait accepté M. Desviris pour
gendre? Je faisais proposer leur fils à madame de la
Bastéride, afin de faire échouer M. Desviris, et je ne
prévoyais pas que je me créais à moi-même la plus
terrible des concurrences. Il est évident qu'il aurait
trouvé là ce qu'il cherche depuis longtemps, et cette
fois il aurait cessé d'hésiter ; je parie que l'affaire
aurait été conclue en quelques jours. Heureusement
son voyage inattendu d'une part, et puis les excellentes
manœuvres de mon dévoué Pierre ont tout arrangé.
Oh! celui-là est mon premier généra ! quelle reconnaissance je lui dois!... Il ne lui sera pas difficile de
refaire la réputation de M. Desviris lorsque je lui en
ferai signe; et il ne me restera plus que la gloire
d'avoir pour mari un artiste de premier ordre, un
homme estimé et recherché de tout le monde, un
homme qui a eu... (s'interrompant brusquement) Ah ! et cette
Allemande! Et ce voyage mystérieux de M. Alonso !...

S'il osait! le misérable!... C'est impossible! Le dîner est terminé, que vais-je apprendre?

SCÈNE III

MADEMOISELLE FLEURON, HECTOR DESVIRIS, ALONSO DE SAN CARLO, MESDEMOISELLES DE BEAUSSEANT DE LA TOUR DE SAINT-LÉGER, JULES DE BEAUSSEANT DE LA TOUR DE SAINT-LÉGER, MADEMOISELLE DE LA BAS-TÉRIDE, M. ET MADEMOISELLE RENARD. M. ET MADAME FLOTTE DES GRANGES, MADEMOISELLE DES GRANGES, MARTIN, BAPTISTE, puis un employé d'ambassade, etc., société nombreuse.

MADEMOISELLE FLEURON, parlant du conseiller.

(A part.) Quel est ce vieux bonhomme?... Comment! mesdemoiselles de Beausséant ici!... Cela m'in-quiète... Et puis... mademoiselle de la Bastéride!... je n'y comprends plus rien!

M. FLOTTE, à mademoiselle Fleuron.

Bonjour, mademoiselle; vous êtes bien aimable de venir passer la soirée avec nous.

MADEMOISELLE FLEURON.

Bonjour, monsieur; vous savez que c'est toujours pour moi un très-grand plaisir.

MADAME FLOTTE, à mademoiselle Fleuron.

Bonjour, chère amie, vous nous avez tenus bien en peine.

MADEMOISELLE FLEURON.

Je pensais souvent à vous, chère madame; si j'avais eu le bonheur de vous avoir. avec moi, mon voyage aurait été le plus agréable que je puisse désirer.

MADAME FLOTTE.

Vous n'étiez pas seule?

MADEMOISELLE FLEURON.

J'ai voyagé beaucoup avec des dames anglaises, de charmantes personnes. Elles sont présentement à Paris, j'espère que vous voudrez bien me permettre de vous les présenter; il y a deux jeunes filles, je voudrais vous prier de proposer l'une d'elles à M. Hector.

MADAME FLOTTE.

Très-volontiers. Je regrette de n'avoir pas connu votre désir plus tôt, vous me les auriez présentées ce soir même.

MADEMOISELLE FLEURON, à part.

Bien. Celles-là augmenteront encore la concurrence, apparente, sans m'occasionner aucune crainte.

Des Anglaises! on peut mettre cette marchandise en
avant. (Elle rentre dans le grand salon.)

LE CONSEILLER, à Hector; ils entrent ensemble dans
le petit salon.

Et maintenant que vous êtes revenu, j'espère que
vous ne me ferez plus attendre.

HECTOR.

Vous pouvez être convaincu, monsieur, que tous
mes croquis seront bientôt terminés, vous n'atten-
drez pas longtemps.

LE CONSEILLER.

Je vous avoue que sans l'intervention dévouée de
vos amis, je vous aurais retiré ma protection et ce
travail.

HECTOR.

Monsieur, je suis très-heureux d'avoir conservé
l'un et l'autre. (Ils se séparent.)

HECTOR, à Alonso qui le cherche pour lui faire part de ses
impressions.

Notre Allemande n'est-elle pas de plus en plus
charmante?

ALONSO.

Oh! ravissante! Candeur, simplicité, piété, intelligence, bon sens, beauté, noblesse, fortune, tout

se trouve réuni en elle! Quelle différence entre ce
caractère et celui de mademoiselle des Granges!

HECTOR.

Mademoiselle des Granges! Voilà une de ces personnes qui font le plus grand tort aux principes
qu'elles ont la prétention de défendre!

Que signifie ce mélange de piété et d'égoïsme?
comme si le caractère de la piété n'était pas la des-
truction de tout égoïsme. Pourquoi cet amour exa-
géré de son intérêt personnel qui la pousse à se permettre des expédients que sa conscience devrait
condamner? Elle ne veut pas faire le mal, c'est une
trop sainte fille; mais elle est bien aise que d'autres
le fassent, pourvu qu'elle en retire quelque profit.
Elle s'enveloppe d'une atmosphère de vertus super-
ficielles, et ne se sert de cette apparente sagesse que
pour cacher à ses propres yeux ses défauts réels.
Elle se considère comme le champion né de tous les
principes de morale et de religion, et elle ne voit
pas que par son égoïsme, elle les compromet aux
yeux de ceux qui ne les comprennent pas, ou ne
veulent pas les comprendre; et qui, rencontrant par
hasard ce caractère faux, caché sous les dehors d'une
piété ardente, sont tentés de considérer l'exception
comme la règle, et de rejeter sur les principes eux-

mêmes ce qui devrait être attribué à celle qui les déshonore.

ALONSO.

Et sa sœur!... Je plains bien sincèrement M. Arthur... Avec quel bonheur je détourne mes yeux de ces vilains caractères pour les reporter sur l'aimable innocence de mademoiselle de Roubenak!

HECTOR.

Ah! à propos, Arthur ne soupçonne pas encore le but de la lettre mystérieuse que je t'ai écrite, et qui a lancé en campagne toute sa puissance d'imagination.

ALONSO.

Non, pas encore. Tu sais qu'il était presque fâché de mon obstination à ne rien laisser transpirer de ce qu'elle contenait.

HECTOR.

Je vais lui parler, il est temps, c'est convenable. J'ai cru bon d'avoir recours à cette prudence excessive, parce que j'ai vu plusieurs fois que des secrets confiés à des amis dévoués comme Arthur, finissaient par être connus de personnes auxquelles je voulais les cacher. J'avais été une première fois victime de la méchanceté, je ne voulais pas m'exposer de nouveau

à des coups semblables. C'est pourquoi je me suis
enveloppé du plus inviolable secret. Et, à toi-même
qui as été mon confident, je n'ai pas tout dit. Tu me
le pardonneras bien, n'est-ce pas?

ALONSO.

Oh! je te pardonne tout, pourvu que tu sois heureux.

HECTOR.

Et moi, je ne me pardonnerais rien si je ne pensais qu'à mon propre bonheur... Mais voici mademoiselle Fleuron que je n'ai pas encore saluée, nous
reparlerons tout à l'heure de nos affaires. (Il se dirige
vers mademoiselle Fleuron; Alonso rentre dans le grand salon.)

MARTIN, arrêtant Hector.

Et mes provinciales, qu'en dis-tu?

HECTOR.

Elles sont assez gentilles.

MARTIN, à demi-voix.

Ah! ne valent-elles pas mieux que tes Parisiennes?
Il faut les demander ce soir.

HECTOR.

Trrr... ce soir même! (Ils se séparent. A mademoiselle

9.

Fleuron) Mademoiselle, j'aurais eu l'honneur de vous saluer plus tôt si vous n'aviez pas dû recevoir d'abord d'autres hommages bien supérieurs aux miens.

MADEMOISELLE FLEURON.

On m'a accueillie avec un empressement auquel je suis bien sensible; mais quant à vous, monsieur, je crains que vous ne soyez un peu ingrat. Après votre brusque disparition, vous auriez dû aujourd'hui fendre la foule pour venir me présenter vos excuses.

HECTOR.

Mademoiselle, j'étais honteux; mais des considérations d'une haute importance ont déterminé ce départ précipité... Et puis j'avais toujours été gâté par votre indulgence; j'espérais que la source n'en était pas encore tarie.

MADEMOISELLE FLEURON.

Et c'était sans doute pour rendre la source de mes bontés intarissable, que vous me quittiez brusquement, même sans un petit adieu, me laissant exposée à tous les hasards d'un voyage difficile, moi qui avais abandonné pour vous la société dont j'étais entourée!

HECTOR.

Mademoiselle, vos reproches m'accablent de honte;

mais je vous assure qu'il y avait pour moi une nécessité absolue.

MADEMOISELLE FLEURON.

Ah! quelle ingratitude! nécessité absolue d'aller donner à quelque étrangère un cœur qui, de droit, appartenait à une autre.

HECTOR.

Ah!... de droit, mademoiselle, je crois être le premier propriétaire de mon cœur.

MADEMOISELLE FLEURON, à part.

Ce terrain est glissant. (A Hector). Qui songe à vous disputer la propriété de votre noble cœur ? Il n'appartiendra qu'à celle que vous aurez choisie. Sachez donc bien choisir.

HECTOR.

J'espère que je choisirai bien.

MADEMOISELLE FLEURON.

Je crains pour vous. Vous êtes exposé à rencontrer quelque intrigante qui vous tendra des piéges trompeurs. Une intrigante! quelle pitoyable chose! Choisissez bien, vous dis-je. (Ils entrent ensemble dans le grand salon.)

LE CONSEILLER, venant dans le petit salon avec M. Flotte.

J'ai cru vous connaître assez, monsieur, pour vous confier ce secret ; mais j'exige en même temps que vous le gardiez sans aucune espèce d'exception : je l'exige !

ARTHUR.

Puisque vous l'exigez, vous serez obéi ; mais ce retard pourrait bien compromettre nos projets. Je crois que mon ami est sur le point de se décider.

LE CONSEILLER.

Ah ! Et pour qui ?

ARTHUR.

Si je le savais, vous devez bien penser que je garderais son secret comme je garderai le vôtre, puisque vous l'exigez.

LE CONSEILLER.

Monsieur, il faut du temps. Vous voudriez aller dire à votre ami que j'ai conduit ici ces demoiselles pour les lui faire voir !

ARTHUR.

Il suffit de ne pas exiger du temps pour le plaisir d'en exiger.

LE CONSEILLER.

J'ai mes instructions : je les suivrai. Et puis enfin
je crois avoir assez d'intelligence pour savoir les in-
terpréter et comprendre ce qui convient. J'ai accepté
votre invitation pour mesdemoiselles de Beausséant,
parce que mademoiselle de la Bastéride devait y venir.
Mademoiselle de la Bastéride, de son côté, a reçu la
permission de passer la soirée chez vous, parce que
mesdemoiselles de Beausséant avaient accepté votre invitation, et votre ami n'a rien de commun avec tout
cela. Il viendra exécuter ses peintures ; il pourra être
reçu au château,... comme employé;... et si jamais on
daignait l'élever à la grandeur que je lui souhaite, je
serais là pour le couvrir de ma protection.

HECTOR, à part.

Votre protection! lorsque toute la besogne serait
faite! (Au conseiller.) Monsieur, je crains beaucoup que
vous n'interprétiez pas dans leur véritable sens les
instructions que vous dites avoir reçues.

LE CONSEILLER.

Monsieur, vous m'insultez!

ARTHUR.

Ah! si vous considérez mon observation comme

une injure, je me hâte de la retirer ; parlons d'autre chose.

LE CONSEILLER.

Et bien vite, vous finirez par tout gâter avec votre prétention ridicule de tout arranger.

(Ils rentrent dans le grand salon, et continuent à parler ensemble ; on les voit de temps en temps paraître dans le petit salon.)

MADEMOISELLE DES GRANGES, à mademoiselle Fleuron,
elles viennent ensemble dans le petit salon.

Je crois sérieusement que c'est cette Allemande que vous devez craindre le plus.

MADEMOISELLE FLEURON.

Je m'en suis tout de suite doutée. Cependant je ne suis pas sans quelque inquiétude du côté de mademoiselle de la Bastéride ; c'est bien étonnant de la trouver ici ; qu'est-ce que cela signifie?... Je vais lui parler.

MADEMOISELLE DES GRANGES, seule dans le petit salon.

Pour moi, je suis parfaitement tranquille de ce côté-là. Ah ! pauvre demoiselle, vous vous donnez de la peine bien inutilement... Toutes les fois que vous avez exigé de moi un secret, je l'ai scrupuleusement gardé, mais d'autres ont parlé plus que moi et je m'y attendais bien... Vous avez très-bien travaillé, je vous en remercie, je sais maintenant grâce à vos peines tout

ce que vaut M. Desviris. C'est un jeune homme qui
mérite ma confiance. Et puis j'aime ce nom Des...
viris; il n'y a qu'à le partager en deux, et voilà un
nom noble... S'il ne l'est pas il a l'air de l'être... Il
faut convenir que mademoiselle Fleuron a bien mal
agi envers M. Desviris; c'est honteux, mais c'est son
affaire; moi je n'ai qu'à y gagner... Il veut une fille
modeste, réservée, pieuse, j'ai toujours été tout cela;
je n'ai pas couru le monde comme une dévergondée,
je n'ai pas lancé des espions, je n'ai pas propagé des
calomnies. Quel scandale! J'ai laissé faire, je n'avais
pas à m'y opposer, cela ne me regardait pas... Ah!
voici mademoiselle Fleuron avec sa jeune société,
quel est le résultat de ses recherches?

(Mademoiselle Fleuron, mademoiselle de la Bastéride, mesdemoiselles de Beausséant s'approchent de mademoiselle des Granges).

MADEMOISELLE FLEURON.

Mademoiselle des Granges, croiriez-vous que je
suis assez méchante pour contrarier mademoiselle de
la Bastéride!

MADEMOISELLE DE LA BASTÉRIDE.

J'étais sur le point de me fâcher; M. Desviris sait
assez à quoi il s'exposerait en s'adressant à une personne de mon rang.

MADEMOISELLE DE BEAUSSÉANT, aînée.

Mademoiselle, ce jeune homme est charmant, vous
êtes bien difficile.

MADEMOISELLE DE LA BASTÉRIDE.

Charmant,... c'est possible, mais il est trop au-dessous de moi.

MADEMOISELLE FLEURON.

Donc, vous seriez honteuse de l'accepter pour
votre mari ?

MADEMOISELLE DE LA BASTÉRIDE.

Mademoiselle, cela regarde ma mère ; je suis une
fille assez soumise pour savoir faire ce qu'elle me
dira.

MADEMOISELLE DES GRANGES.

C'est très-bien, mademoiselle.

MADEMOISELLE FLEURON.

Je vous approuve.

(Mademoiselle des Granges prend les demoiselles de Beausséant
à part).

MADEMOISELLE FLEURON, à mademoiselle de la Bastéride.

Mademoiselle de Beausséant défend bien M. Desviris, se préparerait-il quelque chose ?

MADEMOISELLE DE LA BASTÉRIDE.

Ah! mademoiselle!

MADEMOISELLE FLEURON.

Je voudrais savoir ce qu'il en est... Je vais leur parler.

MADEMOISELLE DE LA BASTÉRIDE.

Allez, je vous attends ici en parcourant cet album. (A part). Mademoiselle de Beausséant! ça serait trop fort! Avoir osé me demander, c'est assez de hardiesse; mais mademoiselle de Beausséant de la Tour de Saint-Léger issue d'une des premières familles de la France! Il ne se hasarderait pas à faire cette démarche..... Son amour pour moi était trop vif pour ne pas renaître, maintenant que nous n'y mettons plus d'obstacles;..... à moins qu'il n'ait pris un caprice pour son Allemande... J'en serais vexée!... me voir préférer cette inconnue! (MM. Martin et Desviris entrent dans le petit salon. Mademoiselle de la Bastéride se réunit au groupe des demoiselles de Beausséant).

MARTIN, à Hector.

Je t'affirme que je la connais comme je te connais toi-même; mieux peut-être, je l'ai vue grandir, c'est un caractère délicieux.

HECTOR.

Je conviens qu'elle est assez aimable ; elle me plai-
rait si..... si.....

MARTIN, d'un ton affirmatif.

Elle te plaît..... Décide-toi tout de suite. Veux-tu
que je la demande pour toi !

HECTOR.

Tu conduis les affaires au pas de charge.....

MARTIN.

C'est ainsi qu'il faut les conduire lorsqu'on sait
bien à qui l'on s'adresse.

HECTOR.

Cher ami, je te remercie de tout mon cœur, mais
je ne puis pas.

MARTIN.

Comment tu ne peux pas ! Es-tu décidé pour une
autre ?

HECTOR.

Oui... Oui...

MARTIN.

Ah ! tu ne me disais pas cela ! Je me demandais

pourquoi ton Arthur parle constamment avec ce con-
sciller ; ils se font des confidences, tu as reçu la
visite du curé... Je parie que vous avez conspiré
ensemble en secret, que tu devais dans ce voyage
mystérieux rencontrer quelque part monsieur ou madame de Beausséant. Aujourd'hui leurs filles paraissent
ici,... — par hasard comme toujours,.. — mais tu
es un favori de la Fortune, — le hasard te sert, — et
je ne me trompe pas en disant que ce vieux bonhomme aux allures prétentieuses, croyant être le
mentor, sert par ses fanfaronnades à couvrir une con-
vention passée longtemps à l'avance entre le curé,
monsieur et madame de Beausséant et toi.

HECTOR.

Allons, je ne te croyais pas si rusé.

MARTIN.

Ah ! j'ai donc deviné !

HECTOR.

Je ne dis pas cela.

MARTIN.

Et tu ne dis pas non plus que ces demoiselles sont
indignes de la Majesté.

HECTOR.

Mais je ne puis pas dire cela.

MARTIN.

Je le comprends sans peine..... Je parie encore
que nous allons voir arriver tout à l'heure M. de
Beausséant père lui-même,... — toujours par hasard.

HECTOR, mettant la main sur son cœur.

Ah! le moment approche où je pourrai enfin
éclater! il est temps! je n'y tiens plus!

MARTIN.

Mais éclate donc bien vite, pourquoi te contenir
avec moi?

HECTOR.

Fantaisie d'artiste! Pour surprendre tout le monde!
pour faire apparaître ma préférée comme une reine,
au milieu de cette société brillante! pour lui ériger
comme un trône de gloire! Ah! un cœur amoureux!
Que ne voudrait-il pas inventer? Mon bonheur est tel
que je voudrais pouvoir le partager avec l'humanité
entière, soulager tous les malheureux, guérir toutes
les douleurs, répandre la joie dans tous les cœurs qui
souffrent!

MARTIN.

Je te félicite, heureux ami, tu remportes une victoire sans égale ; je vais annoncer cette bonne nouvelle à ma femme. (Ils se séparent.)

(Alonso entre dans le petit salon cherchant Hector.)

HECTOR, à Alonso.

Tes intentions sont toujours les mêmes.

ALONSO.

Toujours de plus en plus arrêtées.

HECTOR.

Donc je puis agir.

ALONSO.

Non-seulement je t'y autorise, mais je t'en prie instamment ; ma cause ne saurait être en meilleures mains.

HECTOR, transporté de joie.

J'y cours immédiatement. Tout est préparé ; je n'ai que deux mots à dire.

(Madame Flotte des Granges entre avec sa sœur dans le petit salon, et adresse la parole à Hector.)

MADAME FLOTTE.

Monsieur, je suis très-heureuse que vous m'ayez

présenté mademoiselle de Roubènak; elle est charmante. Il y a longtemps que vous la connaissez?

HECTOR.

Je l'ai vue pour la première fois, lorsqu'elle était
encore jeune, déjà orpheline. Elle était venue en
France avec son tuteur, un des amis de mon père,
et avec lequel j'ai toujours conservé des relations
assez suivies.

MADAME FLOTTE.

Elle est tout à fait charmante; son petit accent al-
lemand ne déplaît point. Dans votre dernier voyage,
vous avez, je crois, passé plusieurs jours auprès
d'eux.

HECTOR.

Oui, madame, on m'a accordé pendant quinze
jours l'hospitalité allemande la plus consommée...
J'étais très-heureux; cette franche cordialité me plaît
infiniment.

MADAME FLOTTE.

Mon mari vient de me dire que vous avez eu la délicate attention de nous préparer des vers.

HECTOR.

Oui, madame, une petite fable.

MADAME FLOTTE.

Je vous en remercie. Vos talents me sont connus, et c'est pour moi un vrai plaisir toutes les fois que je puis vous entendre.

HECTOR.

Madame, vous êtes trop honnête.

MADAME FLOTTE.

Dans un instant nous nous placerons de manière à entendre votre petite fable.

HECTOR.

Madame, lorsque vous le désirerez, je serai à vos ordres.

(Il retourne au grand salon.)

MADAME FLOTTE, à sa sœur, à part.

Tu vois bien qu'il veut cette Allemande; il n'y a plus rien à faire.

(Elles rentrent dans le grand salon. Un groupe de jeunes filles inquiètes vient dans le petit salon. Mademoiselle des Granges se réunit à elles.)

MADEMOISELLE DE LA BASTÉRIDE, à mademoiselle des Granges.

Eh bien, il paraît qu'il est décidé.

MADEMOISELLE DES GRANGES.

Oh! tout à fait décidé!... pour son Allemande!

MADEMOISELLE DE LA BASTÉRIDE.

Mais on vient de dire à côté de moi qu'il va demander mademoiselle de Beausséant, ici présente.

MADEMOISELLE DE BEAUSSÉANT.

Ne me dites pas cela, vous me troublez : c'est impossible, mon père m'en aurait bien dit deux mots.

MADEMOISELLE DE LA BASTÉRIDE.

Ne me disiez-vous pas tout à l'heure que M. votre
père viendra peut-être passer ici quelques instants à
la fin de la soirée?

MADEMOISELLE DE BEAUSSÉANT.

Mon père m'a bien dit qu'il serait possible qu'il
vînt lui-même nous chercher.

MADEMOISELLE DE LA BASTÉRIDE.

Vous voyez bien, ce jeune homme aura eu connaissance de cela par votre conseiller et son Arthur; et
lorsque M. votre père sera arrivé, M. Flotte des
Granges tâchera de voir ce qu'il penserait d'une telle
audace.

MADEMOISELLE DE BEAUSSÉANT, aînée.

Je vous en prie, ne parlons plus de cela, vous me faites mal.

MADEMOISELLE DE BEAUSSÉANT, jeune.

Mais, chère sœur, ne te laisse pas effrayer, ce jeune homme a l'air tout à fait aimable... Et il n'a pas seulement l'air aimable, il l'est; tout le monde en dit le plus grand bien... Et puis enfin c'est un homme de talent, qui se présente très-bien en société, qui parle à merveille, et dont l'extérieur est fort agréable... On ne trouve pas beaucoup de jeunes gens qui possèdent tant d'avantages; et si j'étais en âge de me marier, je ne parlerais pas comme toi.

MADEMOISELLE DE .BEAUSSÉANT, aînée.

Mais c'est précisément parce qu'il possède tous ces avantages qu'il me trouble ; s'il était idiot, je ne ferais pas plus attention à lui qu'à... ces meubles.

MADEMOISELLE DES GRANGES.

Tranquillisez-vous, mademoiselle ; je crois qu'il y a erreur de mademoiselle de la Bastéride. Tout à l'heure, en ma présence, il a dit à ma sœur que cette Allemande le ravit; il ne veut qu'elle.

TOUTES ENSEMBLE.

Cette Allemande?... Ah! c'est certain? Il n'en veut
point d'autre?

MADEMOISELLE DES GRANGES.

Oh! il ne l'a pas dit en propres termes; mais c'é-
tait facile à comprendre.

MADEMOISELLE FLEURON, arrivant d'un air inquiet et agité.

On dit qu'il va demander cette Allemande?

MADEMOISELLE DES GRANGES.

C'est précisément ce que je disais.

MADEMOISELLE FLEURON, à mademoiselle des Granges,
à part, dans une très-grande agitation.

Que faire?... quel parti prendre?... Je suis dans
une effervescence indescriptible; je ne suis plus maîtresse de moi... Et j'attends encore, d'un moment à
l'autre, un certain employé d'ambassade qui ne vient
pas. N'en parlez pas, je vous en supplie. Moi qui ré-
servais pour ce soir à M. Hector une si agréable surprise, et qui m'étais donné tant de peine pour la lui
obtenir! L'ingrat!... Je perds la tête! je ne sais plus
ce que je fais!... sortons!

MADEMOISELLE DES GRANGES.

Pauvre demoiselle! Vous me communiquez votre

émotion. Ah! moi aussi je me trouble!... Votre inquiétude me fatigue!... Oui, sortons un instant! (Elles sortent
ensemble.)

MADEMOISELLE DE BEAUSSÉANT.

Maintenant, je vois qu'il va s'adresser à l'Allemande; je suis plus tranquille... mais ça me contrarie; ah!... je n'aurais pas été fâchée...

MADEMOISELLE DE LA BASTÉRIDE.

Laissez-le donc de côté, ce mauvais peintre!...
Votre père aurait-il accepté un jeune homme qui ne
vous offrirait pas un seul quartier de noblesse? (On annonce l'employé d'ambassade. M. Desviris et M. de Beausséant fils
entrent dans le petit salon et parlent ensemble.) Il parle à mon
frère! que se disent-ils? (M. Desviris et M. de Beausséant
rentrent dans le grand salon. Mademoiselle de Beausséant les suit
de loin avec inquiétude accompagnée de mademoiselle de la Bastéride. Mademoiselle Fleuron et mademoiselle des Granges rentrent
dans le petit salon.)

MADEMOISELLE DES GRANGES, à mademoiselle Fleuron.

Maintenant que vous avez obtenu ce que vous désirez pour M. Hector, vous ne pouvez pas empêcher
qu'on ne le lui offre. Cet employé d'ambassade a
un mandat qu'il doit exécuter.

MADEMOISELLE FLEURON.

Vous avez raison, c'est très-vrai. Mais si je n'avais
travaillé que pour la gloire de cette Allemande!...

Si vous saviez toutes les démarches que j'ai faites ou
fait faire pour lui obtenir ce titre, vous ne supporteriez
pas qu'une autre, à laquelle il ne doit rien, vienne
profiter de mes peines !

MADEMOISELLE DES GRANGES.

Rien ne prouve qu'il l'ait déjà demandée... Essayez
d'abord, et vous verrez ensuite.

MADEMOISELLE FLEURON.

`Au moins puis-je compter sur vous?... Vous m'ai-
derez,... soyez assez bonne pour m'aider. Comprenez
que je ne puis pas parler moi-même ; vous lui parle-
rez pour moi.

MADEMOISELLE DES GRANGES.

Combien je souffre de vous voir dans une telle inquiétude ! (La société se dispose en cercle ; pendant ce temps
mademoiselle de Beausséant entraîne son frère sur l'avant-scène ;
mademoiselle de la Bastéride la suit.)

MADEMOISELLE DE BEAUSSÉANT, à son frère.

Je vous en supplie, cher frère, parlez-moi franche-
ment, je suis trop inquiète ; vous a-t-il parlé de moi,
oui ou non ?

MONSIEUR J. DE BEAUSSÉANT.

Il ne m'a parlé de vous que d'une manière très-
indirecte, et qui ne signifie absolument rien.

MADEMOISELLE DE BEAUSSÉANT.

Et cette lettre que vous venez de recevoir?

MONSIEUR DE BEAUSSÉANT.

Cette lettre est très-simple : mon père me dit que
nous devrons l'attendre ; il est certain qu'il viendra
nous chercher.

MADEMOISELLE DE BEAUSSÉANT.

Ah! mon père va venir! il tient beaucoup à ce que
l'attendions!.. vous voyez bien... vous voulez me cacher quelque chose! Mais, je vous en conjure, si c'est
oui, dites-le moi ; si c'est non, que je le sache ; ne me
laissez pas plus longtemps dans cette incertitude qui
me fait trop souffrir.

MONSIEUR DE BEAUSSÉANT.

Bonne sœur, je vous répète que je ne vous cache
absolument rien ; si l'on a préparé quelque événement,
je l'ignore aussi bien que vous.

MADEMOISELLE DE LA BASTÉRIDE.

Mademoiselle, vous vous troublez à tort ; il est visible qu'il ne veut plus ni vous, ni moi, ni personne
autre que son Allemande. N'y pensez donc plus.

MADAME FLOTTE, à la société.

Nous allons entendre une fable que M. Desviris a

bien voulu composer pour nous être agréable. (La société achève de se placer en donnant des marques de satisfaction.
M. Desviris se dirige à la place qui lui a été réservée.)

MADEMOISELLE FLEURON, à mademoiselle des Granges.

A part.) Immédiatement après ; le moment sera bien
choisi, au milieu des applaudissements de toute la société. (Elle fait un signe à l'employé pour lui indiquer qu'il devra
agir immédiatement après.)

MONSIEUR DESVIRIS.

LE CHÊNE ET LA MARGUERITE

Un chêne jeune encor
Prit grave maladie.
— Il va quitter la vie.
Disait-on, quoique fort.
Mais notre chêne aimait les malheurs de la terre ;
— Que ferai-je, dit-il, en un si triste état ?
Ne pourrai-je trouver un secours salutaire,
Pour terrasser la mort en ce premier combat ?
Il va porter avis de sa douleur extrême
A l'un de ses aïeux de chacun respecté :
— O toi qui m'es si cher parmi tous ceux que j'aime,
Écoute mon conseil, répond avec bonté
Le héros des vieux temps quatre fois séculaire,
Pendant de trop longs jours, j'ai vu bien des douleurs ;
J'ai souvent abrité d'une ombre tutélaire
Jeunes gens et vieillards, riches, pauvres en pleurs,
Filles, femmes, guerriers triomphants par leurs armes,
Et comme elles soumis à l'empire des larmes.
Mais hélas ! des heureux !

Voudras-tu recevoir, enfant, mon témoignage?
        Je n'en ai vu que deux!
Imite-les, crois-moi, suis la loi de ton âge :
        C'étaient deux amoureux!
        Oh! quel trait de lumière
        Pour notre chêne moribond!
        — Quoi! de ma vie entière,
        Je n'osai, mais pudibond,
        Dépenser amour chaste
        Sur quelqu'un de ma caste!
        Mais si je dois mourir,
        Ne puis-je réussir,
Avant d'abandonner cette triste demeure,
A goûter les transports, fût-ce pendant une heure,
        D'un innocent amour?
        Oui, moi-même en ce jour
Je saurai bien tarir la source de mes peines,
Et ranimer le sang qui se glace en mes veines.
        Je veux y parvenir,
        C'est dit, il faut partir.
Tout aussitôt, il court, va se mettre en campagne,
Frapper aux plus hauts lieux pour trouver sa compagne.
Or, à ses pieds, depuis peu de temps habitait
Une petite fleur, aimante autant que belle,
Une humble marguerite, en ce monde nouvelle,
Qui vit ce que le chêne en son cœur méditait.
Elle en avait gémi; mais enfin la pauvrette
Avait dû consentir à demeurer seulette;
Et seulette en ces lieux longtemps il la laissa.
Que faisait-il, l'ingrat, d'une ardeur vagabonde?
A quoi l'employait-il en parcourant le monde?
Hélas! Qui le dirait?... Enfin il se lassa ;
Il lui revient vieilli, cassé, couvert de rides ;
Tout lui semblait mauvais : les champs étaient arides,
Les rivières à sec, les vents malencontreux,

Le soleil refroidi, l'homme malicieux.

Chacun le croyant mort : — Que cet arbre inutile
Disparaisse au plus tôt. Et tous, petits et grands,
Tous ensemble partis, venaient chantants, dansants,
Assister au trépas de ce vieux bois stérile ;
Mais pendant qu'on venait, il entend retentir
Un timide, profond, et déchirant soupir.

   Il voit la marguerite
    Qu'il appelait sa sœur
   Courbant sa blanche et belle tête.
   Ça n'était pas un jour de fête,
    Mais un grand jour de pleur
    Pour la pauvre petite

Il n'avait pas encor perdu toute bonté ;
Et, la voyant si triste, il en fut attristé :

    — Qu'as-tu donc, sœur amie?
    Eh ! j'ai grande douleur
    De n'être que ta sœur ;
    Mon âme en est flétrie ;
   Ah ! vraiment c'est bien mal à toi.
   A ces mots, le chêne en émoi
    Reconnaît sa folie.

— Comment ai-je étanché la soif de mes amours?
Je vieillissais d'un an à chacun de mes jours,
Allant chercher bien loin le bonheur de ma vie,
   Bonheur que je n'ai point trouvé ;
   Mais cette fois je suis sauvé.
    Viens, compagne chérie,
    Je t'enlève un labeur,
    Tu m'es plus qu'une sœur ! ! !

A peine se sont-ils juré la foi nouvelle,
Que l'arbre reverdit comme aux plus beaux printemps.
Venez, troupe barbare, il est passé le temps
De le jeter à terre... — Ah ! vous la donnez belle !
Dit le premier venu ; cet arbre, pensez-vous,

Mérite vos dédains, c'est un arbre inutile,
Vous le rejetterez comme un vieux bois stérile !
Mais perdez-vous l'esprit ? C'est le plus beau de tous.
Et les gens ébahis, arrivant se consultent :
— Quelques lutins cachés par ici nous insultent
Fuyons, fuyons vien vite. Et fallait-il les voir
Se heurtant, se pressant, plus d'un se laissant choir
De crainte d'être pris par un lutin volage.
— Mais courons, hâtons-nous on est pris à tout âge.
Jamais il n'exista plus lutine frayeur.
Je ne vous dirai pas si tels que le voleur,

       Dont parla le bonhomme,

      Ces braves gens courent encor.

Mais je vous dirai bien sur foi de galant homme,
Qu'ils n'avaient pas tout à fait tort.
Ce fut un vrai lutin qui fit cette merveille ;
Un lutin dangereux, et qui jour et nuit veille,

        Joua ce tour

      Lutin nuisible ou salutaire

     Suivant l'emploi qu'on en sait faire :

        Ce fut l'amour.

(Il s'arrête ému ; applaudissements convaincus et prolongés ; son émotion redouble.)

MADAME FLOTTE.

Monsieur, si la morale n'est pas terminée, veuillez l'achever sans crainte ; nous accepterons avec plaisir les vérités que vous devez nous faire entendre ; et, fussent-elles un peu dures pour nos oreilles délicates, elles deviendraient douces et suaves en passant par votre bouche.

HECTOR.

Je suis excessivement sensible à l'éloge de madame,
ainsi qu'aux applaudissements qui me sont prodigués
avec tant de largesse. La morale, en effet, me tient au
cœur beaucoup plus que la fable, et il ne m'eût pas
été possible de la taire ; je suis donc très-heureux que
madame veuille bien m'encourager.

> Comme le chêne aussi, je ne sus point comprendre
> La voix de la raison, les beautés d'un cœur tendre ;
> Un jour je rencontrai la ravissante fleur
> Qui devait recevoir les amours de mon cœur,
> Et je fus assez sot pour mépriser ses charmes ;
> Je ne prévoyais point les terribles alarmes
> Qui viendraient châtier mon refus orgueilleux
> Mais soudain je tombai !... J'étais si malheureux ;
> Je souffrais en mon âme une telle souffrance,
> Que je criais au ciel : Hâtez ma délivrance !
> Et le ciel m'exauça comme il sait exaucer.
> Au lieu de cette mort que je voulais presser,
> Il me donna la force, il m'apprit le courage,
> D'une prochaine paix je reconnus le gage,
> D'un nouvel avenir, j'entrevis la lueur,
> Mes yeux furent guéris, je compris mon erreur.
> Comme le chêne encor je revenais au gîte,
> Tout changé, je chantais mon humble marguerite;
>   (Émotions.)

> O tendre marguerite ! En toi tout mon trésor !
> Je m'envole vers toi, vers toi je prends l'essor !
> Faudra-t-il expier des erreurs passagères
> En te voyant passer en des mains étrangères ?
> Pourrai-je recevoir les amours de ton cœur,

Ou mes jours seront-ils tous broyés de douleur?
Ah! Te retrouverai-je?... Et je l'ai retrouvée
Toujours bonne, et toujours de sa vertu parée.

(Émotions diverses.)

O transports inouis! ô bonheurs ravissants!
Que ton aimable nom retentisse en mes chants!
Salut, fleur embaumée!
Devant toi rose parfumée
N'est qu'herbe desséchée!
Devant toi, larmes du matin
Ne sont que douloureux chagrin,
Et rossignol au doux murmure,
Grossier rebut de la nature!
Que tout s'éclipse devant toi,
Je te donne à jamais ma foi!
Salut, fleur embaumée!
Salut, ma bien aimée!!!

(Émotions diverses et prolongées; applaudissements. Il s'approche de M. Renard qui le prend par la main.)

RENARD.

M. Desviris n'a pas voulu faire connaître le nom de
sa Marguerite; il a cru devoir m'en laisser le soin. Je
déclare donc que la Marguerite honorée par lui de
tant de louanges, comblée de tant d'amour, est ma
propre fille. En conséquence, j'ai l'honneur de présenter M. Desviris comme mon gendre futur à madame et à tous ses honorables invités.

(Émotions diverses; des groupes se forment.)

MADEMOISELLE FLEURON (furieuse).

(A part) Comment! Cette institutrice! Ah! l'infâme!!
(Elle va parler à l'employé d'ambassade.)

MADAME FLOTTE, à M. Desviris.

Il ne nous reste, monsieur, qu'à applaudir à votre
choix, en félicitant mademoiselle d'en avoir été l'objet.

ARTHUR, à M. Renard.

Voilà ce que signifiait cette lettre mystérieuse,
et aussi ce qui m'explique comment j'ai pu mettre si
facilement de côté le jeune homme qu'on vous présentait.

RENARD.

Précisément. Vous conviendrez que je devais céder
à vos sollicitations.

MADEMOISELLE DE LA BASTÉRIDE, à mademoiselle de
Beausséant, d'un air ironique et vexé.

Ah! ah! mon ancienne institutrice! Quelle merveille! Louons ce petit prodige!... Composons des
vers en son honneur!...

MADEMOISELLE DE BEAUSSÉANT.

Est-elle heureuse! Qu'a-t-elle donc de plus que les
autres?

MADEMOISELLE DE LA BASTÉRIDE.

Elle a de plus!... d'être profondément ridicule et désagréable!... aussi bien du reste que celui qui l'a demandée!... Ils seront dignes l'un de l'autre... Sa fable est aussi ridicule que sa personne.

MADEMOISELLE DE. BEAUSSÉANT.

Vous me semblez un peu difficile; cette fable est bien tournée.

MADEMOISELLE DE LA BASTÉRIDE.

Vous êtes toujours trop indulgente.

HECTOR, à la société.

Mon bonheur, à moi, ne pouvait me suffire; il me fallait encore celui d'un ami que j'aime plus que moi-même. J'ai voulu lui trouver sa Marguerite, et je suis assez heureux pour la lui présenter ornée de tous les avantages qu'un cœur d'homme puisse désirer. Cet ami tendre et sincère est M. Alonso de San Carlo, et la personne que je lui ai obtenue est mademoiselle de Roubenak. Je remercie sincèrement monsieur (s'adressant au tuteur) d'avoir bien voulu, à ma prière, donner son consentement à une union qui satisfait les désirs les plus ardents de M. de San Carlo.

11

MADEMOISELLE FLEURON, à l'employé, dans une agitation
qu'elle contient avec peine.

Attendez à demain, monsieur, je vous en supplie ;
vous irez le trouver chez lui ; cette manière d'agir aura
l'air bien plus convenable.

L'EMPLOYÉ.

Pour vous être agréable, mademoiselle, j'attendrai
à demain ; mais je vous en conjure, ne me demandez
rien au delà ; j'ai reçu des ordres, je dois les exécuter.

(Ils se séparent.)

MADEMOISELLE FLEURON à part ; dans une fureur indescriptible.

Quel scélérat ! quel hypocrite ! quel fourbe ! Vilain
bandit !... Ah ! je viens de gagner quinze à vingt
heures, je vais les employer convenablement ; et si,
malgré tous mes efforts, je ne réussis pas à empêcher
qu'on te décerne ton titre, j'empêcherai bien que tu
le gardes, misérable ! Cette même puissance qui s'est
employée pour te le faire obtenir, se retournera contre
toi pour te le faire perdre. Jusqu'à cette heure je ne
t'ai poursuivi que de mon amour ; mais à partir du
moment présent je te poursuivrai de ma haine ! (Elle
sort.)

LE CONSEILLER, à Arthur.

Il est complétement fou!.. cette institutrice! qu'est-
ce que cette fille-là! Moi qui lui promettais ma protection, et qui lui aurais fait faire un mariage dont on
aurait parlé dans toute la France! .

ARTHUR.

Je le regrette beaucoup pour lui ; je vous disais bien
qu'il fallait se hâter.

LE CONSEILLER.

Ah! oui! pour monsieur il fallait intervertir tout
l'ordre des convenances sociales! Eh bien, qu'il garde
son institutrice! Mais il ne gardera pas ses peintures:
je vais, moi, moi-même les confier à un autre.

(Il va parler à mademoiselle de Beauséant).

MADEMOISELLE DES GRANGES, à mademoiselle de la
Bastéride.

Son choix peut contrarier les personnes qui espé-
raient ses faveurs. Celles qui n'étaient pas intéressées
dans la question le blâmeront moins; il a fait un
sacrifice complet pour la fortune et la position sociale,
c'est vrai; mais mademoiselle Renard a des qualités
solides, et je lui ai toujours souhaité une bonne fortune comme celle-là!..

MADEMOISELLE DE LA BASTÉRIDE.

Mademoiselle Renard n'est pas la seule qui possède des qualités solides. (Elles rentrent dans le grand salon.)

LE CONSEILLER, à mademoiselle de Beausséant, très-brusquement.

Mademoiselle, je veux que nous partions à l'instant même, je l'ordonne.

MADEMOISELLE DE BEAUSSÉANT.

Je vous en prie, monsieur, attendons mon père ; il va venir, c'est certain, il l'a écrit ; il veut que nous l'attendions.

LE CONSEILLER.

Et moi je ne le veux pas! M. votre père ne viendra pas, je le lui défends!

MADEMOISELLE DE BEAUSSÉANT.

Ah! comme il ne tiendra sans doute pas compte de votre défense, moi je l'attends ; mon frère et ma sœur agiront certainement de même.

LE CONSEILLER, exaspéré.

Après tout!... restez si vous voulez ; moi je pars!
(Il part brusquement ; on le voit reparaître un instant après.)

MADAME FLOTTE, à M. Desviris.

Monsieur, je suis très-convaincue que vous serez

récompensé de votre choix, comme mademoiselle le
sera de sa vertu que j'ai en haute considération.

MADEMOISELLE RENARD.

Madame, je suis très-honorée de l'estime que vous
avez conçue pour moi, veuillez en agréer ma bien
sincère reconnaissance. Les louanges doivent être
décernées surtout à la générosité de M. Desviris, lui
qui a daigné m'accorder une préférence qu'il aurait
pu porter à tant d'autres; aussi je lui voue un amour
que ma langue est impuissante à exprimer!

HECTOR, prenant et embrassant avec effusion la main
de mademoiselle Renard.

Ah! amour bien partagé! amour énivrant! Eclate
donc maintenant, ô ma joie! éclate en toute liberté!...
Avec quel débordement de bonheur je touche enfin à
ce port de la paix autour duquel j'ai si longtemps
louvoyé sans avoir su le reconnaître! Après tant
d'orages, qu'il m'est doux de trouver le calme et la
sérénité! Une vie nouvelle coule dans mes veines; je
renais, je ressuscite. Puissé-je, chère Félicie, vous
communiquer mon ivresse, déverser dans votre âme
toutes les joies qu'un cœur humain est susceptible de
goûter! Que nos deux existences se fondent ensemble!
que nos deux cœurs se noient dans un mutuel océan
d'amour!... Vous posséder est ma fortune; pour moi

vous êtes riche, oui, très-riche... de votre richesse
morale, et celle-là me suffit. L'abondance des richesses
matérielles peut procurer des jouissances matérielles,
mais les jouissances matérielles ne donnent pas le
bonheur ! Notre bonheur sera placé dans des sentiments plus dignes, dans des affections plus nobles :
nous nous dévouerons à notre jeune famille d'abord ;
et ensuite à tous les hommes, aux ennemis aussi bien
qu'aux amis, à tous ceux qui souffrent d'une douleur
quelconque, et mon rêve chéri, rêve impossible ! serait
réalisé, si de notre immolation commune au bien,
jaillissaient des torrents de paix assez abondants pour
submerger toute colère, et répandre la douceur là où
je vois régner l'aigreur et quelquefois la haine. Ah ! je
voudrais posséder des fleuves d'amour, les faire couler
sur l'humanité entière en lui criant : Amour ! Oui,
l'amour fraternel partout ! mais la haine à la face
hideuse !! oh ! jamais !!

ALONSO.

Merci, généreux ami, merci !

(Ils s'embrassent.)

FIN

L'OR

LA GRENOUILLE ET LE BŒUF

AU DIX-NEUVIÈME SIÈCLE

—

Au temps de la Fontaine,
La grenouille, voulant se grossir comme un bœuf,
Succombait à la peine ;
Mais depuis cette époque on a trouvé du neuf,
Et la gent animale, ainsi que nous, progresse.
Une grenouille donc, maudissant sa faiblesse,
Depuis longtemps cherchait, par quelque invention,
A sortir de l'état d'humiliation

Qu'elle avait accepté le jour de sa naissance.

Elle rêvait en vain à l'opération,

Quand elle découvrit un homme de science

Qui, par amour de l'or, écouta son projet.

Cette affaire lui plut ; il trouva le secret

De métamorphoser la grenouille chétive.

« Il faudra, lui dit-il, toujours, quoi qu'il arrive,

Vous soumettre en tous points à mes sages leçons. »

La grenouille accepta, puis, sans plus de façons,

Se soumit aussitôt à la terrible épreuve.

Notre homme en savait long, voyez plutôt la preuve :

Il gonfle la grenouille, et sans nul accident !

« Vous voici mieux qu'un bœuf, reprend-il triomphant ;

Votre démarche est noble et votre voix terrible,

Chacun s'inclinera, vous croyant invincible.

Mais souvenez-vous bien de toujours imposer,

D'avoir l'air redoutable et ne rien redouter.

« Pourtant, dit la grenouille, il serait bien plus sage

De me donner encore la force et le courage ;

Ne puis-je rencontrer quelque vil insolent

Que n'effrayerait point mon aspect effrayant ? »

« A quoi bon redouter des gens de cette sorte ?

Il faut les dominer ; vous ne serez pas forte,

Mais vous crierez fort et vous leur ferez peur. »

Un ton si rassurant dissipe sa frayeur;

Elle prend l'air hautain, et gravement s'avance.

Chacun, intimidé, redoutant sa puissance,

S'enfuit à son approche, et bientôt en tous lieux,

On ne sait plus parler que du monstre odieux

Qui semble résolu de dévaster la terre.

Mais un bœuf moins poltron se prépare à la guerre.

C'était un maître bœuf, fort de corps et d'esprit.

En voyant l'animal tout de suite il comprit

Qu'une ruse de l'art lui donnait son prestige :

« Ah ! tu veux effrayer, faire croire au prodige!

Tu n'en as pas fini, voyons qui cèdera ;

Ton art ment à nos yeux, le mien me défendra. »

Il eut vite inventé son moyen de défense.

Armé de pied en cap, intrépide il s'avance,

Trouve son ennemi, le mesure des yeux ;

Il s'anime au combat, s'élance furieux.

La grenouille rugit et d'effroi le terrasse;

Le bœuf veut s'exciter, mais la terreur le glace;

La grenouille redouble, écumante rugit;

Le bœuf mugit de rage, il mugit d'épouvante;
Chacun, les entendant, croit sa mort imminente;
De toutes parts on tremble, on se cache, on gémit.
La grenouille a vaincu, notre bœuf prend la fuite.
Mais revenant soudain : « Où donc est mon mérite?
Je n'ai pas affronté le danger de ses coups. »
Cette fois il bondit avec un tel courroux,
Qu'il eut en un clin d'œil détruit la pauvre bête,
Et tous aux environs lui firent belle fête.

———

Certains hommes aussi veulent nous imposer;
Drapés dans leur science, ils semblent invincibles;
Mais ne les craignons point, ils ne sont pas terribles;
Pour les battre il suffit de ne savoir qu'oser.
Dirons-nous ce qu'il faut penser de leur science?
C'est un manteau brillant à prix d'or acheté;
Déchirons le manteau, nous verrons leur jactance
Apparaître confuse avec sa nudité.

LE PERROQUET ET LE CORBEAU

—

Certain corbeau, des plus bavards,
Se laissa prendre et mettre en cage ;
On le retint en esclavage
Pour le montrer aux campagnards.
Mais le montrer ainsi ! C'eût été trop d'audace ;
Il fallait tout d'abord dissimuler sa race,
Transformer son langage, ennoblir son maintien,
Faire un grand potentat de l'humble plébéien.

Élève et maître étaient habiles ;

Par leurs soins réunis, le bavard étonnant

Put bientôt défier l'œil le plus pénétrant

Jusque dans les plus grandes villes.

Ils couraient donc par tous pays,

Et partout les peuples ravis

Venaient jouir du phénomène.

Beaucoup d'argent et point de peine,

Combien c'était un bon métier !

Bientôt notre homme fut rentier.

Dans sa modeste aisance

Qu'il aimait son corbeau !

Toute sa complaisance

Était pour cet oiseau

Dont la reconnaissance

Engendrait un amour

Qui croissait chaque jour.

Mais le corbeau, sentant quel était son ouvrage,

Finit par voir briller le séduisant mirage

D'un avenir pompeux :

« Je serais très-heureux

Travaillant pour mon compte.

Au loin la fausse honte ! »

Il rechercha dès lors un plan pour s'échapper.

On l'avait fort instruit, il en sut profiter :

Un jour il débitait tout son art dans sa cage,

Son maître en eut pitié : « J'admire ton langage,

Tu seras libre, ami, pendant quelques instants ;

Mais n'en abuse pas, je t'aime, tu comprends. »

Le corbeau tout joyeux redouble ses prouesses,

Accable son mentor de tendres gentillesses,

Fait si bien et si beau que notre homme, enchanté,

Croit devoir le sortir pour cause de santé.

Or à peine ont-ils mis le pied dans la campagne,

Que le corbeau s'envole !... Adieu rêves chéris !

Notre homme ne put rien par ses pleurs, par ses cris ;

Il crut que son corbeau voulait une compagne.

    Erreur d'un cœur aimant !

    Il voulait de l'argent !

    L'argent, la vaine idole !

    Est bien fou qui s'immole

    A son culte trompeur !

    Il détruit tout honneur,

    Toute aimable innocence,

Et jusque sur l'enfance
Il étend ses forfaits!
Où sera la puissance
Pour punir ses méfaits
D'une juste vengeance?

Ce vil dominateur nous tient-il sous ses lois,

Aussitôt, plus d'amour, plus de nobles exploits.

Ainsi notre corbeau, pour trouver l'opulence,

Mit d'abord de côté toute reconnaissance;

Ce mépris du devoir lui corrompant le cœur,

Tout moyen devint bon pour grossir ses richesses;

Sa science servit à causer le malheur

De ceux qu'elle aurait dû couvrir de ses largesses;

A la fin il perdit toute trace d'honneur.

Écraser la Faiblesse et tromper l'Innocence;

A l'aide de son art gagner la confiance

Pour se faire bourreau,
Se rendre noble et beau

Afin de se frayer la voie à tous les crimes,

Entasser en tous lieux victimes sur victimes,

Tout cela fut un jeu pour l'infâme imposteur.

Mais sa puissance inique eut enfin un vainqueur.

Un perroquet nourri dans toutes les délices
Souffrait depuis longtemps au récit de ces vices.

    Autant que le corbeau

    Il était noble et beau ;

Mais sa noblesse à lui n'était pas empruntée,

    Et s'il était savant,

Sa science n'était nullement profanée

    A tromper l'ignorant.

Il s'en était servi pour plaire au voisinage ;
Il voulut l'employer d'une façon plus sage,
Et résolut d'aller démasquer le trompeur.
Mais sa vie était douce ; en quitter la douceur,
Et surtout se soustraire à l'amour de son maître,
Le fuir, l'abandonner comme aurait fait un traître,

    Tout cela contristait

    Notre bon perroquet.

Cependant il l'osa ! Pour éviter la lutte
A laquelle l'amour eût pu le mettre en butte,

    Il partit brusquement,

    Et puis résolûment

    Il déclara la guerre

    A son méchant confrère ;

Et le corbeau, voyant tous ses tours éventés,
Abandonna le poste avec ses cruautés.

—

O noble perroquet! j'admire ton ouvrage!
Mais hélas! rarement nous avons ton courage!

LE PAPILLON, L'ABEILLE ET LA FOURMI

—

Je viens de raconter comment la soif de l'or
Dans le plus noble cœur peut causer des ravages.
Mais aurais-je tout dit? Combien d'actes sauvages
N'a pas occasionnés l'amour d'un vil trésor !
Tantôt sous une forme et tantôt sous une autre,
Nous l'avons vu paraître en tous temps, en tous lieux;
Tout siècle en fut atteint aussi bien que le nôtre,
Et partout il causa des crimes odieux.

Que ne puis-je flétrir d'une voix souveraine

Tout le mal qu'il a fait à notre race humaine !

Que ne suis-je assez fort pour en montrer l'horreur !

Querelles, trahisons, bassesse, ignominie,

Infâmes cruautés, parjure, hypocrisie.

Mais, je le comprends bien, un si triste labeur

Exigerait beaucoup, beaucoup plus que ma Muse

Ne pourrait dépenser de force et de verdeur.

Je vais me contenter d'examiner sans ruse

S'il existe des cas où l'or pourrait avoir

Quelque prix pour celui qui comprend le devoir.

En un riant vallon parsemé de prairies,

De bois et de jardins, de bosquets et de fleurs,

Phébus apparaissait répandant mille vies

Sur tout ce qui vivait en ces lieux enchanteurs.

L'abeille, butinant pour elle et pour son maître,

Fredonnait à côté du brillant papillon ;

Les oiseaux dans leur nid, ne faisant que de naître,

Auraient voulu déjà gazouiller leur chanson,

L'Amour réunissait les petits avant l'âge,

Et leurs feux impuissants à ce bien désiré

S'exprimaient à l'envi dans leur plus doux ramage.

Un ruisseau qui coulait en ce lieu fortuné

Semblait même hâter son gracieux murmure,

Tant la vie abondait dans toute la nature.

Est-il un cœur d'airain qui n'eût été touché,

En voyant le bonheur que l'or n'a pas taché ?

J'en trouverai pourtant qui furent indomptables,

Mais je vois que leur sort fut des plus misérables.

Dans ce vallon vivait un paisible habitant.

Près de lui des fourmis, sous terre s'abritant,

Accumulaient sans cesse, augmentaient leurs domaines,

Et ce jour s'efforçaient de redoubler leurs peines.

Un papillon avait déjà fait mille tours,

Lorsqu'il passa tout près de leurs obscurs séjours.

« Pourquoi tant de soucis, dit-il aux travailleuses,

Que vos greniers soient pleins, serez-vous plus heureuses

Moi qui travaille peu, je crois que mon bonheur

  Est pour le moins égal au vôtre ;

  Votre race attaque la nôtre,

Mais, malgré vos dédains, vous êtes dans l'erreur.

« Va-t'en, vil orgueilleux ; va-t'en, maudit prêcheur,

Lui disent aussitôt les fourmis en colère,

La générosité féconde nos maisons,

Chacune parmi nous veut nourrir une mère;

Et toi qui parles tant, mais qui ne sais rien faire,

Tu vaudrais beaucoup mieux en suivant nos leçons. »

Or notre papillon, connaissant cette race,

Demeura convaincu qu'elles payaient d'audace :

« Vous voulez m'inventer mille contes trompeurs;

Soit, comme il vous plaira, vivez dans vos erreurs ;

  Moi, ce que j'ai de mieux à faire,

  Sans contredit, c'est de me taire. »

Aussitôt il s'envole, et va de fleurs en fleurs,

  Égayant la nature,

  Tout léger, tout joyeux ;

  Un soleil radieux

  Animait de ses feux

  Sa brillante parure ;

  Comme il était heureux !

Après quelques instants, il rencontre une abeille

Dont l'ardeur au travail, à nulle autre pareille,

  Frappe notre insouciant :

« Abeille, lui dit-il, je t'aime et je t'admire,   ·

Si tu travaillais moins tu pourrais te suffire,

Tu ne travailles tant

Que pour récompenser par ta reconnaissance

Celui qui te défend par son intelligence

Des rigueurs des saisons et de tous les dangers.

Mais j'ai vu près d'ici des êtres étrangers

Aux nobles sentiments qu'à mes yeux tu découvres ;

Il sera bon, je crois, que toi-même leur ouvres

Ce que cache ton cœur et de noble et de beau ;

Je les ai vus en vain, vas-y donc de nouveau. »

Dès qu'ils se sont conté toute cette aventure,

L'abeille prend son vol, atteint la sépulture

Où s'ensevelissaient et fourmis et trésors.

A peine a-t-elle ouvert la bouche

Que chacun la maudit, toute la troupe en corps

Se lève et pousse un cri farouche ;

Le désordre est affreux, le tapage infernal :

Elles voudraient tuer notre pauvre animal,

Ou l'entraîner vivant dans leur sombre demeure,

Lui créer un supplice inventé pour lui seul,

Le vexer jour et nuit, le piquer à toute heure,

Le donner en pâture à leur plus noble aïeul,

Puis le ressusciter, l'écraser de souffrances,

Le torturer encor, le contempler mourir,

Et sceller dignement toutes leurs jouissances

En chantant de bonheur à son dernier soupir.

Mais, ô douleur ! hélas ! Il leur manquait des ailes

Pour aller se saisir du monstre et l'enchaîner,

Elles sautaient de rage, essayaient de voler.

Il paraît qu'à la fin à plusieurs d'entre elles,

Telle fut leur fureur qu'elle eut bien le pouvoir

D'en faire en un instant pousser, et des plus belles !

Elles se préparaient à remplir leur devoir,

Quand l'abeille aussitôt quitta ces obstinées.

Les fourmis, s'étendant à leur aise en tous lieux,

Grossirent leurs trésors, furent en peu d'années

Au faîte des grandeurs, riches comme des dieux.

A force d'augmenter leurs greniers d'abondance,

Elles avaient miné jusqu'à la résidence

Du paisible habitant de ce vallon béni ;

Il se vit tout à coup pris par cet ennemi ;

Les fourmis, l'accablant en troupes innombrables,

Furent en peu de temps tout à fait redoutables,

Et l'homme résolut de les exterminer :

Il les anéantit ainsi que leurs richesses.

Vouloir trop s'enrichir, c'est bien s'acheminer

Vers de nombreux tourments, vers de grandes détresses.

Nous pensions être heureux au faîte des grandeurs,

Mais n'y trouvons souvent que d'immenses douleurs.

Le papillon volage au bien est accessible,

Mais l'avare fourmi pour tout est insensible;

Elle aura l'air d'aimer en son cœur endurci,

Elle aimera son or, et n'aimera que lui.

Pourquoi donc rechercher avec tant d'insistance

Cet or qui ne vaut pas notre persévérance?

Mais l'or, me dira-t-on, serait-il donc un mal?

Non, l'or servant le bien, loin d'être son rival,

Se relève aussitôt, mérite notre estime.

L'abeille avait raison, nous ne pouvons sans crime

Ne vivre que pour nous, et dans l'oisiveté,

Nous devons vivre aussi pour la société;

Notre travail à tous y fait germer la vie,

Il y maintient la force, ainsi que l'harmonie,

Et l'or, prix du travail, est un lien précieux

Qui réunit le riche avec le malheureux.

L'or entretient entre eux des rapports charitables,

Et fait naître en leurs cœurs des amours véritables,

12

Si la main qui présente et la main qui reçoit
S'unissent par l'amour d'une commune Foi.
Quand le riche comprend sa mission en ce monde,
Sa richesse en vertus peut devenir féconde :
Débarrassé qu'il est du souci d'acquérir,
Qu'il consacre le temps que l'on donne au plaisir
A l'étude du bien, à sa noble défense.
Pour attaquer la Foi trop souvent on dépense
Des forces, des talents qui devraient l'exalter ;
Si le riche est chrétien, il la fait respecter.
Quoi ! nous consentirions qu'une ardeur inutile
Coule à profusion sur un objet futile,
Et nous n'agirions plus lorsqu'il faudrait agir !
Nous perdrions le temps à manger, à dormir,
A nous faire admirer en brillant équipage,
Et nous ne trouverions ni séve, ni courage
A donner à Celui qui nous a tout donné !
Non, tel n'est point l'usage auquel est destiné
L'or, ce bienfait de Dieu ! Rendons-nous invincibles
Pour défendre du bien les droits imprescriptibles ;
A quiconque le peut c'est toujours un devoir,
Et nous devons l'oser de tout notre pouvoir.

L'apanage du bien, ce sont les sacrifices ;

N'en redoutons aucun pour combattre les vices :

Rejetant cet orgueil que chacun porte en soi,

Mêlons-nous dans l'amour, défendons notre Foi ;

Défendons sans aigreur, jusque dans la souffrance,

Le drapeau du chrétien, vrai drapeau de la France.

Tel est le noble but où l'or doit about'r :

L'or est une puissance, il faut s'en bien servir.

FIN

ERRATA

Page 1, *décore*, au lieu de : *dévore.*

18, *quel contre-temps?* au lieu de : *quel contre-temps!*

21, *sentimentale*, au lieu de : *sentimental.*

33, *Qu*, au lieu de : *qui.*

79, *son absence*, au lieu de : *mon absence.*

89, *rès-bien*, au lieu de : *très-bien.*

101, *Hâtz-vous*, au lieu de : *Hâtez-vous.*

PARIS. — IMP. SIMON RAÇON ET COMP., RUE D'ERFURTH, 1.

PARIS. — IMP. SIMON RACON ET COMP , RUE D'ERFURTH, 1